El fantasma imperfecto

Juan Martini

El fantasma imperfecto

ALFAGUARA

© 1986, Juan Martini
© De esta edición:
   1994, Santillana, S. A.
   Juan Bravo, 38. 28006 Madrid
   Teléfono (91) 322 47 00
   Telefax   (91) 322 47 71

• Aguilar, Altea, Taurus, Alfaguara S. A.
Beazley 3860. 1437 Buenos Aires
• Aguilar, Altea, Taurus, Alfaguara S. A. de C. V.
Avda. Universidad, 767, Col. del Valle,
México, D.F. C. P. 03100

   ISBN:84-204-8127-0
   Depósito legal: M. 31.429-1994
   Diseño:
   Proyecto de Enric Satué
© Ilustración de cubierta:
   Luis Serrano

© Foto: Alejandra López

   Impreso en España

PRIMERA EDICIÓN: MAYO 1994
SEGUNDA EDICIÓN DICIEMBRE 1994

*This edition is distributed in the United States
by Vintage Books, a division of Random House,
Inc., New York, and in Canada by Random House
of Canada Limited, Toronto.*

No es que soñemos un sueño demasiado descabellado: lo malo es que no lo hacemos parecer suficientemente inverosímil; porque lo más que podemos imaginar es un fantasma doméstico.

VLADÍMIR NABOKOV

Índice

I. Ejercicios espirituales

Sigue mirando sin ver lo que se revela a sus ojos, el deslumbramiento de la luz, el aire que tiembla.

MARGUERITE DURAS

Minelli dijo Minelli. Juan Minelli. Y observó cómo el otro tecleaba las letras de su nombre, y contempló cómo su nombre se ordenaba en la pantalla del ordenador. Entonces él leyó: *Minelli, Juan.* Pero en seguida el otro le preguntó: «Minelli, ¿verdad?» «Sí.» «¿Con doble ele?» «Sí.»

¿Es posible saber que la vida es un desliz, o un error, o un indebido hecho fortuito, y desear sin embargo seguir en pie, aferrados a sus accidentes y a su tiranía, sin un amparo verdadero, sin un consuelo real, sin un goce cierto?

No, pensó Minelli, no es posible. Porque un tal conocimiento sería indudablemente insoportable, o ingrato, o indeseable, aun cuando los hombres intuyan el dolor o atisben el pánico de esa herida constituyente pero impensable.

«Equipaje», dijo ahora el otro desde el otro lado del mostrador. Minelli depositó su maleta sobre la balanza. En una ventanilla de cristal cinco números digitales y rojos compusieron una cifra: *11,235 kilos.* Era el peso de sus pertenencias: de sus efectos personales, o de sus cosas. Le pareció una cantidad intrascendente. El otro arqueó las cejas y hundió los labios entre los dientes en un gesto incierto, quizás involuntario, pero

Minelli no pudo desviar la mirada de esos párpados espesos, entornados, del grueso cuello que la camisa blanca del uniforme reglamentario y la obvia corbata azul estrangulaban, de las *temibles* manos de labriego o de verdugo con las uñas carcomidas que en ese momento, de pronto inmóviles, retenían su billete de avión.

Es un borracho, pensó Minelli. El otro meneaba la cabeza como un toro adormecido, hechizado tal vez por la pantalla del ordenador, o pura y simplemente distraído, absorto en una idea o en un recuerdo —¿cuáles?— repentinos. No, no era un borracho. Era un cretino. Sí: un enemigo. El otro levantó la cabeza. El cuello se le desplegó como un lento fuelle de goma vieja. Y repitió: «Once kilos.» Minelli evitó bruscamente los ojos del otro. No respondió. Se propuso no hablar. Se trataba sólo de un trámite y no tenía nada más que decir. Pero los ojos en brumas del otro continuaban escrutándolo. Sin embargo, imprevistamente, el hombre movió con pesadumbre la mano derecha, garabateó algo en un ticket y adhirió el ticket al billete de vuelo.

La cinta transportadora se puso en marcha y la maleta se alejó. El otro hizo girar el taburete donde estaba sentado, cruzó los brazos y silbó entre dientes, entrecortada, una antigua canción infantil. La valija, por fin, desapareció detrás de una cortina de franjas de caucho. El otro hizo girar nuevamente el taburete, afirmó los pies en las barras transversales, se alzó sobre el asiento y se despegó el pantalón de las nalgas. Con una sonrisa inexplicable dijo: «Todavía es muy temprano.»

Minelli no contestó. Recibió su pasaporte, el billete y la carta de embarque y los guardó en un bolsillo. Recogió del suelo el bolso de mano y se lo colgó del hombro izquierdo. Miró con frialdad o con indiferencia, por última vez, al otro y se encaminó hacia el ascensor. La puerta de acero, automática, se cerró como un implacable telón horizontal y Minelli ya no volvió a pensar en ese hombre.

De modo que nada le impidió, poco después, internarse en la gran sala de espera del segundo piso. Era la primera vez que Minelli *salía* desde ese aeropuerto y bruscamente una minuciosa conciencia de sí mismo derrumbó su confianza, su compostura, y se sintió indefenso y expuesto ante una multitud de miradas. El bloque de butacas agrupadas en el centro de la sala le pareció un islote ocupado por seres hostiles, diversos y desiguales pero vinculados frente a él como una etnia fundada exclusivamente en la comunidad de la mirada. El malestar de Minelli se hizo punzante. Tenía calor y se ruborizó. Pero en seguida descubrió un plano de la sala de espera sujeto a una columna. Figuraban allí, claramente detallados, todos los servicios, tiendas y dependencias por donde podría circular, comer, informarse, comprar, distraerse o esperar. Consultó y memorizó el plano hasta que supo que no lo olvidaría. Oyó un rumor de voces y de pasos, una voz grave que indicaba algo, la risa hiriente de una mujer. Era un grupo negro que pasó a su lado como un compacto racimo de túnicas, bultos, sandalias, collares, dientes de estremecedora blancura, cabezas ovales, largos huesos, botellas de aguardiente, cuerpos esbeltos, paraguas y radios.

Cuando entró en el baño creyó que había olor a menta: el perfume químico de un detergente, o de un desinfectante, o —quizás— de un *aromatizador* de ambientes. Le resultó, sin embargo, una sensación higiénica. El suelo estaba limpio y él vio el difuminado reflejo de sus propias formas en las baldosas azules de cerámica. Un negro anguloso que tenía un pullover rojo de cuello alto bajo el overall de algodón gris frotaba los azulejos con un trapo húmedo.

Minelli eligió un mingitorio: el segundo de la hilera izquierda. Era una esfera sesgada por un corte oblicuo, un cráter a través del cual él orinaba —imaginó— hacia el centro de la tierra, descargaba sobre chozas de algodón —o sobre bolas de naftalina— una lluvia concentrada de fósforo líquido, y perseguía implacablemente a esas últimas aldeas ahora teñidas de amarillo, desquiciadas, desolladas por el napalm.

Hacía frío allí. Desde un extractor, en lo alto, una delgada corriente de aire cruzaba en diagonal el baño, hacia la puerta, como el filo veloz y cortante de un puñal de hielo. Minelli se dirigió a los lavabos. Dejó el bolso en el suelo, entre las piernas, y se lavó las manos, la cara, se humedeció el pelo, se secó cuidadosamente con una toalla de tierno papel espumoso. Luego se inclinó y abrió la cremallera superior del bolso de cuero. Introdujo una mano y buscó a ciegas: sus dedos reconocieron un libro, una agenda, un chaleco, una diminuta caja de madera... Se incorporó: destapó el frasco y volcó en una palma, como en un cuenco, unas gotas de *eau de toilette*. Deslizó después la palma por el cuello y por la base de la nuca. Vertió más colonia. Se la pasó ahora por la frente, por las mejillas, por la nariz: inspiró esa fragancia de cítricos y se sintió vagamente mejor, fugazmente reanimado. Se peinó y guardó sus cosas en el bolso. Entonces volvió a mirarse en el espejo. Lo hizo primero desde la distancia que le imponía la mesada de mármol del lavabo. Pero en seguida, sin proponérselo, comenzó a inclinarse, aproximó el rostro y los ojos al espejo.

El hombre negro de pullover rojo, a sus espaldas, ya no frotaba los azulejos. Se había apoyado contra la pared y encendía un cigarrillo. Sostenía la llama del fósforo entre las manos, sin aspirar, mordiendo el filtro. Pero su distracción, su indolencia —pensó Minelli—, eran fingidas. En aquella mirada impertinente, a través del espejo, él creyó advertir un inexplicable desafío, una explícita provocación, y creyó también que debía sentirse intimidado. Pensó que sería imprudente palparse los bolsillos para comprobar que no había sido despojado de su dinero. Hubiese sido, además, innecesario puesto que ese hombre no se le había acercado en ningún momento.

La luz era cruda, blanca, tal vez excesiva, y Minelli vio entonces que se reflejaba en la piel de su cráneo, por debajo del pelo recién peinado. Este descubrimiento lo sobresaltó. ¿Era un efecto de la luz de *ese* baño o todas las luces —la luz del día, por ejemplo, o la luz de una lámpara— también revelaban ya la debilidad y la escasez del pelo? Rozó con la punta de los dedos la piel de su rostro, lisa sobre los pómulos, pálida y tumefacta alrededor de los ojos, y se incorporó. Deseaba olvidar de inmediato esa imagen propia y compulsiva. Depositó una moneda en una máquina. Tiró hacia fuera la palanca y un pequeño paquete compacto cayó en seguida en una bandeja inferior. Recogió el paquete y salió del baño. Pensó que la mirada del negro, incrustada en su nuca, tenía el poder inquisitorial de una denuncia, o la abrumadora energía del desprecio. La humildad, se dijo, es el gesto más fatuo de la desesperación.

Como si conociese con inusitada veracidad todas las líneas y las líneas más insignificantes de su destino se encaminó hacia el bar. Eligió el último taburete de uno de los dos lados de la barra en U, contra la pared recubierta con lustrosas tablas de madera, y consultó largamente la lista que había encontrado bajo un voluminoso y pesado cenicero de cristal. Dos negros atendían la barra y una mujercita rubia de mejillas encendidas y desorbitados ojos pardos —los ojos de una enferma de tiroides, se dijo— tamborileaba con todas las uñas pintadas de negro sobre el borde de la caja registradora. En lo alto de su pelo seco y marcado por las ondas de una burda *permanente* casera flotaba un birrete azul con vivos blancos que a él se le antojó ridículo, tal vez obsceno, si por obscenidad podía entenderse también la inquietud morbosa o el malestar en el alma que un objeto o una persona podían inspirar en un observador enlazado a dos o tres convenciones elementales y estrictas acerca de la armonía entre las cosas y los cuerpos.

Uno de los jóvenes negros esperaba frente a Minelli. Esta actitud le resultó irremisiblemente apremiante. De modo que para sacárselo en seguida de encima, para no encontrarse en la previsible y consecuente obligación de pensar en ese hombre, le pidió una hamburguesa con queso y cebolla, papas fritas y una Coca-Cola. El joven desapareció tras una puerta vaivén y él lamentó no haber previsto lo que le sucedería en la barra y no haberse dado cuenta de que, para evitarlo, hubiese debido comprar un diario, un *periódico* —¿recordó?— antes de llegar al bar. Mientras esperaba, impaciente, encendió un cigarrillo. El bolso le pesaba, pero no se atrevió a quitárselo del hombro.

La barra estaba desierta. Por eso fue sorprendente para él que una mujer se sentase en un taburete del otro lado de la U. La posición de la mujer era tan simétrica de la suya que pensó, estremecido, en uno de los espejos del infierno. Ella también fumaba. Ella también tenía un bolso de cuero colgado de un hombro. Ella también estaba vestida de negro. Y ella, como él, tampoco se decidía a desprenderse del bolso. Minelli no pudo aceptar que este acontecimiento fuese un hecho casual o desprovisto de toda implicancia. Él, en cualquier caso, *podría* interpretarlo.

El mozo deslizó sobre el mostrador una bandeja de plástico verde. Minelli contempló las dos cajas y el vaso de cartón rojos, los sobres de mostaza, de ketchup, de mayonesa, de sal y de pimienta que le habían servido. Entreabrió y espió las cajas. Se detuvo un instante más en la observación de la hamburguesa, de las papas doradas, y luego comenzó a comer. Se había distraído. Pero algo sucedió del otro lado de la barra: algo que llamó otra vez su atención. Sin embargo la mujer vestida de negro continuaba allí, inmóvil y también distraída mientras el cigarrillo se consumía entre sus dedos. Minelli vio la larga columnita de ceniza blanca y comprendió que pronto se desmoronaría. La ceniza del cigarrillo de la mujer, en efecto, cayó. Ella, aparentemente, no lo advirtió. Minelli apagó su propio cigarrillo en el cenicero de cristal y se llenó la boca con papas crujientes. Después bebió. La Coca-Cola estaba fría, pero le faltaba gas. ¿Qué había sido lo que había reclamado con urgencia su atención? No encontró la respuesta. Nada había alterado la escena. Entonces a Minelli se le ocurrió de improviso que debía alejarse de ese *maldito* bar. Hincó los dientes en la hamburguesa y masticó sin un verdadero gusto. No se sentía mal. Sólo era necesario que se alejase de allí...

     ¿Era hermosa la mujer vestida de negro? No supo qué pensar. Decidió —como lo hacía casi siempre cuando se sentía acosado por una duda— hallar una definición provisoria o circunstancial. Se dijo que la mujer vestida de negro no era quizás lo que habitualmente se considera una mujer hermosa. Pero era —de eso estaba seguro— una mujer *interesante.* Si Bellotti se hubiese detenido en este punto Minelli no habría podido negar, cuando fuese interrogado, que esa mujer encerraba para él un inexplicable interés, un interés tal vez ambiguo, ilusorio o infundado, cuyo misterio o enigma no resistiría tal vez un exhaustivo acecho y que —probablemente—

terminaría esfumándose como un espejismo. De todas maneras había en ella, para Minelli, algo irresistible.

Así que se apresuró y pronto terminó de comer. Llamó al mozo y le preguntó cuánto debía. El joven negro hizo la cuenta con un largo lápiz amarillo en un block de hojas azules. Él le pagó con un billete de veinte dólares y el mozo se alejó rumbo a la caja. Entonces, sin poder evitarlo, Minelli se olió los dedos. Rasgó un sobre de papel metalizado y extrajo una servilletita húmeda y perfumada. Se limpió las manos. Volvió a plegar la servilletita y se la pasó por la frente y por la boca. Encendió otro cigarrillo.

Un hombre negro y alto, vestido de negro, había llegado junto a la mujer del otro lado de la U. Era, con toda certeza —pensó Minelli—, un etíope. Tenía una inmaculada camisa blanca que, en contraste con su piel, parecía luminosa. El etíope murmuró algunas palabras al oído de la mujer. Después, con un ademán en el que Minelli descubrió la repetición obsesiva de un tic, se sacudió con dos dedos imaginarias motas de polvo, o de ceniza, o de cualquier otro elemento —en todo caso invisible— de una manga de la americana de fina lana negra. La mujer había escuchado las palabras del etíope sin replicar. Pero sus labios se habían crispado y en sus ojos hubo un destello fugaz de ira o de rencor. El etíope se inclinó y le dijo algo más. Su idioma —¿el amhárico?— era incomprensible para Minelli. Sin embargo, y a pesar de que había hablado en voz muy baja, él pudo oír el tono

imperativo y terminante. La mujer, inocultablemente irritada, clavó sus ojos en el negro y dijo
como si su lengua fuese un látigo: «You're a son
of a gun!» Se levantó del taburete y se marchó.
El etíope se acodó en la barra y llamó a uno de los
mozos con una mínima inclinación de la cabeza.
Pidió una lata de Heineken.

Minelli recibió el vuelto del billete que
había entregado. Dejó algunas monedas sobre el
mostrador y supo, antes de darle por completo la
espalda, que el etíope lo miraba.

Recorrió un par de veces a lo largo de los pasillos laterales todo el perímetro de la sala de espera. Cada cincuenta pasos las pantallas de los ordenadores, a tres metros de altura, repetían las horas de partida y de arribo de los próximos vuelos, las siglas de sus correspondientes compañías aéreas, la procedencia o el destino final, las eventuales demoras y el número de las puertas de embarque. Minelli controló su reloj. Era, exactamente, la hora cero y veinte minutos del día lunes 1 de abril. Así que tenía por delante, todavía, seis horas y cuarenta minutos. Pasó frente a una oficina bancaria, una empresa de viajes a islas exóticas, una estafeta postal, una peluquería, una agencia de alquiler de coches, un departamento de información, un consultorio para primeros auxilios, una florería, una sala de juegos electrónicos y tragamonedas, una guardería infantil, una tienda de ropa para mujer, una tienda de productos típicos, un sex-shop, un free-shop, un local de joyas, bijouterie y artículos para caballeros... Al final de uno de los pasillos había una tienda con un cartel que decía *Regalos*. La luz, en el interior, era rosada. Entró. En el local sólo vio a las vendedoras: dos mujeres, una blanca y la otra negra. Una docena de tubos fluorescentes, desde el techo, iluminaban ciegamente todo. La vendedora negra levantó los ojos de la revista que leía, bostezó, se pasó sin ningún propósito cierto una mano por la peluca lacia y rubia y le preguntó: «Can I help you?» Minelli sonrió con timidez, hizo un gesto, quiso darle a entender que lo único que deseaba era echar un vistazo. La mujer asintió, absolutamente desinteresada, y continuó leyendo. La otra, en la caja, se limaba las uñas como si no lo hubiese visto entrar, o como si él no existiese. Minelli se sintió más tranquilo. Dio algunos pasos entre las estanterías, las mesas y las vitrinas atestadas de objetos y de prendas. «Shit!», recordó. «Éstas son las clásicas tiendas de basura», le habían señalado tres días antes en una de las calles comerciales de la ciudad. Y él había contemplado entonces con la misma curiosidad con que lo hacía ahora esa basura, cosas inútiles, feas o disparatadas. En ellas se dibujaba, pensó, el signo más firme, más desprejuiciado y más eficaz de la opulencia... Latas vacías, helados de plástico, barras de chocolate de goma, lápices con pechos de mujer, papel de cartas y sobres negros, pendientes con racimos de uvas de vidrio, ceniceros de cartón blanco, trozos de alambre pintados de verde, cadenas de aluminio fosforescentes, emblemas indescriptibles, paraguas de papel crépe, excrementos de caucho, cigarrillos de madera balsa, zapatillas con forma de sombrero y sombreros de goma con formas de aves, etcétera. Había en la tienda también centenares de camisetas blancas con inscripciones rojas: *Coke, Love me, I ♥ Nina Hagen, I ♥ Sex*. Había revistas, comics, libros, diarios, bebidas, tabaco, dulces, servilletas y pañuelos de papel, tarjetas postales, llaveros, insignias piratas, distintivos de inspiración militar y bélica, encendedores descartables, pelotas, muñecas, bolsos, abrigos, cinturones, botas, maquetas de naves embotelladas, posters, torres Eiffel de plástico, bustos del Papa y Estatuas de la Libertad de ónix, torres de Pisa, réplicas de La Piedad, obeliscos, pirámides, iglesias, coliseos, astronautas, cabezas de Lincoln, de Napoleón y de John Lennon de plástico dorado... Minelli compró un periódico, dos *petacas* de J&B, un paquete de Winston, un encendedor Bic, una navaja sevillana con cachas de hueso y una tarjeta postal. Le pagó a la mujer blanca con un billete de cincuenta dólares. Ella no lo miró. Puso el cambio en una bandeja transparente, junto a la caja, y continuó limándose las uñas. La mujer negra, cuando él salió del local, hacía las palabras cruzadas de su revista y bostezaba.

Dos agentes de policía cruzaban en diagonal la sala de espera. Caminaban en silencio, sin observar nada ni a nadie en particular, como si cumpliesen con un acto de rutina que jamás era alterado. Llevaban los brazos atrás y se sujetaban, cada uno de ellos, la muñeca derecha con la mano izquierda. El más alto se había puesto la gorra de arriba hacia abajo. Es decir, la gorra azul caía desde la parte superior de la nuca hacia los ojos y la reluciente visera negra ocultaba su mirada. Las camisas eran de mangas largas, los pantalones anchos, y los zapatos tenían suelas de goma. El más alto llevaba la funda del revólver muy baja, casi a la mitad del muslo, y el arma oscilaba a su paso haciéndose más evidente, o más visible. Este detalle le resultó a Minelli significativo: la violencia *no era* inimaginable en el interior de ese recinto. Los dos agentes de policía empuñaban con la mano derecha los bastones negros y de sus cinturones, a un costado, colgaban las esposas de acero. Era una pareja de policías tal como el cine y la televisión las había mostrado infinidad de veces, pensó, y por eso —paradójicamente— no parecían del todo reales. El más alto de los dos hacía pasar su goma de mascar de un lado al otro de la boca, una y otra vez, y sólo variaba esta secuencia para morder la goma con los dientes, casi entre los labios, con lo cual su rostro se transformaba, se hacía caricaturesco y, sin embargo, más ofensivo.

La pareja de policías dio la vuelta antes de llegar al departamento de información y los dos agentes volvieron sobre sus pasos. De modo que Minelli se encontró avanzando hacia ellos, los vio al mismo tiempo avanzar hacia él, y resolvió guiarse por un único pensamiento: debería pasar cerca de los agentes de policía sin que su aspecto les pareciese sospechoso. Contuvo la respiración y siguió caminando.

Poco después, cuando ya los había dejado atrás, creyó haber cumplido con razonable discreción su propósito. Entonces se exigió no girar la cabeza, no pararse —por ejemplo— frente al departamento de información para tratar de ver con disimulo si ellos continuaban su camino mansamente, como si nada —al cruzarse con él, al contemplarlo desde tan corta distancia— se les hubiese ocurrido. Sería injustificable hacerlo y encontrarse de pronto con la mirada de los dos agentes de policía en el hipotético caso en que hubiesen descubierto algo en él y se hubiesen detenido con la intención de observarlo mejor. Así que no lo hizo, y pronto comprendió que ya no tenía motivos para preocuparse por ellos.

El islote de butacas de la sala de espera central continuaba ocupado. Junto a los pocos asientos que tenían a su lado un pequeño televisor se habían formado colas de personas que esperaban pacientemente, sin especulaciones, un turno o un lugar. A Minelli esta escena se le antojó indecorosa y desgraciada. En ese momento recordó que la compañía por la que viajaba tenía su propia sala, donde él había aparecido al salir del ascensor, hacía ya media hora, y antes de desembocar por fin —como lo había hecho: sin ninguna clase de previsiones— en la sala central. A pesar de que se había desorientado pronto encontró, en otro pasillo, el cartel con el emblema de la compañía aérea por la que viajaba.

En esa otra sala, menor y cerrada, se sintió aliviado. Miró los cristales, en el fondo, donde la noche grabada una oscuridad impenetrable que el haz de luz de un potente y lejano reflector barría puntualmente como un radar. Llegó hasta la última hilera de butacas y se sentó dando la espalda a los cristales. La sala era una L perfecta. En la pared ahora opuesta, junto a la puerta, había un extintor de fuego. Entre este aparato y los teléfonos públicos un anuncio publicitario de cigarrillos dominaba la pared. Una leyenda decía: *El genuino sabor americano.* Esa era el ala más extensa de la L, la que iba desde el anuncio hasta los ventanales. A la izquierda de Minelli, en el extremo del ala más corta, había un televisor encendido que nadie miraba. Las selecciones de Francia y de Inglaterra jugaban un partido de rugby. Llovía, donde fuese que se estuviese jugando o se hubiese jugado aquel partido, y los hombres estaban embarrados de pies a cabeza, de manera que resultaba muy difícil establecer a simple vista a cuál de los equipos pertenecía cada uno. Los jugadores se embestían, vehementes y ofuscados, forcejeaban, caían y se revolcaban en el barro, se retorcían y pugnaban en violentas montañas humanas que terminaban derrumbándose en el agua, disolviéndose en el lodo, bajo el diluvio inmisericorde que azotaba a un mundo primitivo. La voz culta y moderada de un comentarista deportivo relataba en francés las secuencias de este episodio bélico.

Minelli se quitó el bolso del hombro y lo depositó en el suelo, entre las piernas. Buscó en los bolsillos de su ropa y reordenó el pasaporte, el billete, la carta de embarque y otros papeles. Contó y agrupó el dinero suelto. Abrió el bolso y guardó dentro el paquete que había sacado de la máquina, en el baño. Destapó una botella de whisky y bebió. Encendió un cigarrillo. Se sintió brevemente libre y feliz. Entonces decidió escribir la tarjeta postal. Puso:

La verdad está cautiva
en un fantasma perfecto.

Y firmó: *Juan.* Se sintió mejor aún después de haberlo hecho. Pero en seguida ese bienestar se disipó. Una mujer y una chica entraron en la sala. La mujer era la mujer vestida de negro que él había visto en el bar. La chica era una adolescente vestida con un amplio sweater color rosa pálido, jeans muy ceñidos y un par de borceguíes

de piel rústica. Las dos se sentaron en las primeras butacas, lejos de Minelli. La chica, de mal
humor, extendió las piernas, cruzó los brazos y
fingió dormirse. La mujer vestida de negro se
pasó, nerviosa, las manos por el pelo. Descargó el
bolso sobre su falda y se llevó un cigarrillo a los
labios. Sin soltarlo, y con el paquete todavía entre los dedos, se quedó inmóvil como si una idea
inesperada se hubiese apoderado de ella. Tenía
los labios tensos, sosteniendo el cigarrillo, pero
su mirada se había extraviado. Minelli intuyó lo
que sucedería a continuación. Comprendió que
estaba conmovido aun cuando no existía un motivo concreto para estarlo. Se trataba, sólo, de un
presentimiento. Esta incertidumbre le resultó
excitante. Vivía, pensó, y algo en su interior se
estremecía. La dicha reciente se transformó en
una gozosa angustia. ¿Qué era lo que en verdad
estaba sucediendo?

La mujer vestida de negro le pidió fuego.
Sin moverse de su sitio, acompañando las palabras con un gesto inconfundible, le preguntó
con absoluta claridad si por favor podía darle
fuego. Minelli asintió y se puso en pie. Se acercó
a ella. Pensó de inmediato que este acto entraña-
ba un peligro. La mujer vestida de negro se levantó cuando él llegó a su lado. «No se moleste»,
murmuró Minelli. Ella encendió su cigarrillo.
Lo miró a los ojos mientras lo hacía y sonrió con
la estricta fugacidad de un agradecimiento formal. Luego esperó que él se retirase. Entonces
volvió a sentarse y se comportó otra vez como si

en la sala no hubiese nadie más que ella y la chica. Sin embargo Minelli sabía ahora que la mujer vestida de negro era real, casi tan alta como él, y que una turbia inquietud alteraba los rasgos indudablemente bellos de su rostro.

De modo que le fue imposible no pensar en el etíope. ¿Qué había sido de él? Reaparecería, era probable, en cualquier momento. Pero ¿sería la mujer vestida de negro su mujer, o su amante, o su prisionera? La idea de una eventual sumisión de la mujer a ese hombre, la idea de una esclavitud surgió de pronto en él y su conmoción se hizo mas honda. ¿Dominaba el etíope a la mujer? ¿Abusaba de ella? ¿Y no sólo de ella sino también de la chica? ¿Se les imponía? ¿O la mujer vestida de negro le pertenecía y ella le correspondía por su propia voluntad? Minelli hundió las manos en los bolsillos del saco. Quiso desterrar de su mente estas preguntas. Pero no consiguió hacerlo. ¿Quién era la chica que obviamente no se encontraba a gusto —al menos en ese momento— con ella? Era, debía ser —pensó— la hija: una hija de la mujer vestida de negro. En cualquier caso había algo rotundamente intolerable para él en todas las posibilidades que había conjeturado. Y no pudo encontrar una razón consistente que justificase su ansiedad ante ellas. De modo que abandonó la butaca, se colgó el bolso del hombro y salió de la sala.

Había soñado. ¿Era posible? ¿Se había quedado dormido? Y en tal caso, Minelli ¿había soñado? Abrió los ojos: una nube de calor húmedo y blanco empañaba su mirada. Tenía la intensa sensación de haber salido de un sueño profundo y de haber huido de una escena a la que ahora anhelaba regresar desesperadamente. Pero, ¿dónde estaba? No podía recordarlo. Le hubiese resultado inconcebible el movimiento de una pierna, un brazo, una mano. Estaba prisionero. Creía oler todavía el perfume de una hierba mojada... Así que no intentó moverse. ¿Había soñado, por ejemplo, con una casa de muros grises en un recodo de un camino de tierra que cruzaba indefinidamente la llanura? ¿Y con un cielo bajo, encapotado y turbulento del que a pesar de sus rugidos sólo caía una brillante llovizna de hilos de plata?, ¿con una planicie de altas hierbas verdes?, ¿con un caballo lejano, casi en el horizonte?, ¿y con un horizonte tan infinito como distante desde el cual la casa era, apenas, un sueño improbable en el confín de la llanura? ¿Había soñado —¿era posible?— con las pesadas puertas de la casa y frente a ellas con la imagen de una mujer de indescriptible pelo azul, con un perro que ladraba ante un extraño y que desafiaba al extraño con sus ojos de fuego encendidos y las fauces ensangrentadas? ¿Había visto el cuerpo de esa mujer cautivante de ojos blancos a través de su largo vestido translúcido? ¿Había soñado —No, se dijo— con un extraño, con un hombre que llegaba hasta los muros de la casa en la llanura y se detenía frente a esa figura desconocida pero entrañablemente amada?, ¿había soñado Minelli con ese otro Minelli al que no había visto porque él era, en el sueño, la mirada y los sentimientos del extraño, del intruso, o del testigo del miedo de esa mujer aislada en el espejo fulminante de la llanura, bajo la lluvia, donde ella parecía anhelarlo o recibirlo o estar dispuesta a aceptar que la imperfección de la realidad es la condición del destino?

Progresivamente, como si se internase en un tejido, en una trama, regresó a la pequeña historia de los hechos recientes. La certeza de este otro sueño crucial en el que una infinidad de detalles y de gestos se enlazaban en un relato o en una descripción que él podía encarnar fue abrumadora.

Había esperado su turno en la estafeta postal sin ninguna inquietud. Entonces había escuchado un diálogo:

«Un avión estalló en el aire y cayó al mar.»

«¿*Estalló* en el aire?»

«Es lo que me han dicho.»

«¿Dónde ocurrió eso?»

«En el Mar del Japón. Quizás no haya estallado porque sí. Quiero decir, es posible que no se trate de un accidente.»

Eran las voces de una mujer y de un hombre.

«No lo entiendo.»

«Yo tampoco. Dicen que creen que el avión fue atacado por cazas soviéticos.»

Se produjo un breve silencio y la cola avanzó un par de pasos hacia la ventanilla de la estafeta postal.

«¿Quiénes son los que creen que fueron los *rusos*?»

La mujer replicó sin vacilar pero bajando el tono de su voz:

«Nosotros.»

«¿*Nosotros* creemos que ellos nos han bajado un avión?»

«Sí. Así parece. Eso es lo que me han dicho, te lo repito. De todas maneras no era un avión nuestro.»

«No lo entiendo.»

«Oh, ¡tú nunca entiendes nada! Era un avión coreano y los soviéticos lo derribaron.»

«¿Cuándo?»

«No lo sé.»

«¿Y por qué lo hicieron?»

La mujer no respondió.

Minelli no había querido mirarlos. Con sus voces había imaginado una pareja y no estaba dispuesto a modificar esa creación. Lamentó, después, que la charla hubiese terminado. Se encontró por fin frente a las rejas de la ventanilla. Contempló una vez más la imagen impresa en la tarjeta postal, el Perseo de Benvenuto Cellini, y releyó las dos líneas que había escrito. A último

momento se preguntó si no hubiese debido en-
sobrarla, pero en seguida se dijo que no: recibir
una tarjeta postal dentro de un sobre desnatura-
lizaba una determinada clase de mensaje com-
puesto no sólo por el propio mensaje sino también por la inmediata visión de una figura y de
un montón de palabras manuscritas. De modo
que le entregó la tarjeta al empleado de la estafeta postal, quien al ver a Perseo enarbolando la
cabeza de Medusa en la mano izquierda y empuñando su espada con la derecha levantó la mirada. Minelli pensó que ahora el otro no podría
resistir la tentación de leer el texto. Pero no lo
hizo. El hombre introdujo la tarjeta en una máquina y después de sellarla la echó en un buzón
amarillo, a sus espaldas, donde un cartel blanco
con letras negras decía *Europe.*

¿Le había dicho algo a Minelli la mujer
de pelo azul? ¿Por qué lo acongojaba esa duda?
¿Había entreabierto los labios ella —a quien
ahora él veía extremadamente joven— y le había
dicho una palabra, lo había nombrado o le había pedido algo? ¿Había creído escuchar Juan Minelli mientras temía que la mujer de pelo azul
desapareciese en la bruma como en un sueño la
palabra *Amor,* por ejemplo, o la palabra *Piedad,*
estremecido y turbado, en medio de los aullidos
¿del perro?, ¿del lobo?, los rumores del aire a
través de la hierba y los tiernos cristales del laberinto de la lluvia en la llanura? Y entonces ¿por
qué Minelli no había podido hacer nada, petrifi-
cándose en la tierra como un testigo involunta-

rio o decisivo? ¿Y por qué había pensado que el pelo de ella era de color azul cuando después le resultaría tan difícil explicarse a sí mismo de qué color era el pelo de la mujer de pelo azul ya que no era azul sino negro con ondas rojas o dorado con ondas negras, pero en ningún caso azul, o ese color que a él le había sido dado llamar azul?

De modo que entró en la peluquería. No sentía, en verdad, remordimientos luego de enviar la tarjeta postal sino el temor y la resignación de quien sabe que arrojar una piedra contra un hechizo es romper un espejo secreto. Se sacó el saco y lo colgó en un perchero, cubriendo con él su bolso de cuero, y trepó al sillón. Se dejó caer suavemente hacia atrás cuando el barbero reclinó el respaldo y tuvo tiempo de desplegar el periódico y de leer

Edición internacional
Lunes 1 de abril

antes de que el otro comenzase a esparcir la espuma de jabón con una brocha sobre sus mejillas y el cuello. El techo era blanco, como el de una habitación de hospital, y había en la barbería el perfume dulce de las lociones y un aire tibio que le hicieron creer a Minelli que se hallaba fuera del tiempo, o, mejor, ligado en el tiempo a vagos sentimientos de dicha juvenil cuyos motivos no pudo establecer. Observó al otro templando la navaja en una lonja de cuero o de suela y cerró los ojos. Oyó el siseo del filo de la navaja contra su piel y se imaginó de pronto a su sangre tiñendo la espuma después de haber sufrido un corte profundo. Apretó con fuerza los párpados para desterrar ese dolor y en seguida, mientras el otro preparaba más espuma para afeitarlo a contrapelo, abrió el diario entre las páginas dos y tres. Entonces leyó:

Centenares de ahogados al naufragar un barco fluvial en Bangladesh

Regresó a la palabra *fluvial* y se preguntó por qué había sido necesario afirmar en el título que se trataba de un *barco fluvial*. Pero el barbero, enjabonándolo nuevamente con la brocha de suaves cerdas rubias, lo alejó de esta momentánea distracción. Minelli abandonó el periódico sobre los muslos y aferró las manos a los brazos del sillón. Se encontraba lejos, muy lejos, de todo aquello que le hubiese permitido hallar una huella familiar, un vínculo con él mismo: y allí, aislado y anónimo, era otro náufrago insignificante. Un hombre sin sentido. Un héroe de fin de siglo. El otro le golpeteaba el rostro con los dedos en un rítmico masaje que tuvo la virtud de aplacarle el ánimo y, con la mente en blanco, entregado a esa metódica y servicial caricia, se abandonó. Luego el otro le cubrió la cara con una toalla para darle fomentos. El peso del paño de algodón —grueso y plegado— sobre los párpados, la nariz y los labios fue placentero y él sintió una inexplicable gratitud. Un sopor balsámico se derramó desde el vacío de las ideas perdidas hacia el resto de su cuerpo. Y fue así —sin causa, mientras pudo olvidarse de sí mismo— muy feliz.

No podría recordar con exactitud —después, cuando Bellotti lo interrogase— cuánto tiempo había pasado desde que se echó en el sillón hasta que se levantó, recogió sus cosas y pagó. Este olvido le causaría un trastorno, pero se encontraba aún lejos de saberlo. Así que mientras la escena del sueño huía de él inevitablemente —porque ya tenía la certeza de haber soñado y de haberse extraviado en ese sueño— salió de la peluquería. Sin embargo se detuvo en seguida, desconcertado, y continuó leyendo en la página dos del diario:

El barco, que unía Chandpur, en el sur del país, con Dhaka por el río Buriganga, se hundió en medio de una fuerte tormenta cuando se hallaba a diez kilómetros de la capital bengalí.

La sala de espera estaba vacía. La ausencia de voces y de ruidos humanos ponía de relieve la existencia de otros sonidos, mecánicos y electrónicos, y en aquel repentino páramo, en aquel escenario aparentemente intacto después del paso accidental de una caótica multitud, en aquella verdadera tierra de nadie marcada por símbolos y por leyendas destinados a señalar el excluyente carácter de un tránsito, Minelli no supo qué hacer. En esas circunstancias —pensó— no lo sorprendería encontrarse otra vez con la policía, pero la pareja de agentes tampoco estaba a la vista.

De modo que echó a andar por la sala, con su bolso y su diario a cuestas. Miró la hora en el reloj de pulsera. Vio que las agujas indicaban las once y veinticinco. Había decidido no corregir en su reloj la diferencia porque eso le permitía recordar sin esfuerzo ni cálculos la hora del lugar desde donde había partido y la modificación —la irrealidad— que el viaje había introducido en él. Así que en el aeropuerto era la una y veinticinco minutos. Esta brecha siempre le causaba un cierto estupor, aun cuando ya se había acostumbrado a convivir con ella. Uno de los televisores que había junto a una de las butacas de la isla central había quedado encendido. Era un pequeño aparato de color arena montado sobre una delgada columna de metal que se ponía en funcionamiento depositando monedas en una ranura, pero quien lo hubiese hecho por última vez se había marchado sin consumir todo el tiempo por el que había pagado. Minelli se sentó en la butaca y contempló las imágenes en blanco y negro. Fue dulcemente penoso para él reconocer en seguida lo que estaba viendo. Bajo el barroco baldaquino de Gian Lorenzo Bernini, entre las inconfundibles columnas de bronce, el Papa oficiaba una misa en San Pietro. Minelli sintió sed, dicha y tristeza. Bebió un trago de whisky, encendió un cigarrillo y se concentró en la ceremonia. Entonces hubo un cambio de cámara y en la pantalla apareció un coro y las voces del coro se alzaron junto al altar papal con la rigurosa verosimilitud de una alucinación. Poco después, quizás una o dos horas más tarde, leería en el periódico que la orquesta *sería* —era o había sido— la Filarmónica de Viena, que la música *sería* de Mozart y que el director invitado *sería* el austriaco Herbert von Karajan, quien *regresaría* a Italia por este motivo después de veinte años de ausencia. Minelli trató de imaginar los colores de la escena que veía en blanco, gris y negro. Cerró los ojos. Tal vez le fue posible hacerlo en un brevísimo instante que huyó de sus sentidos con la velocidad del rayo, o tal vez le fue concedido el don de creer sin dudas que había sido capaz de hacerlo. Enumeró los seis colores litúrgicos —el blanco, el rojo, el verde, el

violado, el azul y el negro— y vio, por ejemplo,
que la estola del Papa era verde con bordados de
oro, pero cuando fijó nuevamente la mirada en la
pantalla del televisor fue incapaz de saber si el vestido de una de las mujeres del coro vienés —enfo-
cada en ese preciso momento en primer plano—
era azul o rojo.

Entonces se preguntó por qué había comprado sin motivo, sin que nunca antes un deseo
como ése se le hubiese cruzado por la mente, una
navaja sevillana. Se dijo de inmediato que se trataba de un interrogante inútil, porque la verdad
que enmascaran los impulsos, los caprichos y las
pasiones compulsivas pertenecen al reverso del
conocimiento o a la oscura perversión y al ence-
guecedor saber de los fantasmas perfectos, como
él mismo había escrito, aludiendo a otro enigma
personal, en el reverso de una tarjeta postal. Entonces pensó en la mortalidad de Medusa, la más
bella de las ninfas y, quizás, la única Gorgona
eterna, pero estas divagaciones no alterarían ya el
curso de la realidad y no le ofrecerían más ali-
ciente que la indecorosa evocación de su ignorancia. De modo que se levantó de la butaca y
buscó algo, sin saber qué, a su alrededor.

Había un kiosco, próximo a uno de los
pasillos laterales, y hacia allí se dirigió. El kiosco
vendía Donuts, tartas, café, cerveza y Coca-Cola.
Pidió un café. La empleada negra le llenó hasta el
borde un vaso de cartón. Bebió un par de sorbos
de café amargo. Después echó dentro del vaso los
contenidos de un sobre de leche en polvo y de un

sobre de azúcar. Removió la mezcla con una cucharita de plástico. Puesto que estaba obligado a esperar —pensó—, debía matar el tiempo con hidalguía. Sería presa, de lo contrario, de temores indescifrables. Por ejemplo: ¿por qué había sangre en las fauces del perro, o del lobo, que aparentemente le había impedido acercarse a la mujer de pelo azul? Esta pregunta le produjo un desasosiego implacable. El café con leche y con azúcar lo asqueó. Así que dejó el vaso de cartón sobre el mostrador, se secó los labios con una servilleta de papel y se alejó del kiosco.

La mujer vestida de negro discutía con su hija. Minelli se sentó deliberadamente a sus espaldas pero lo más lejos de ellas que le fue posible, es decir, con una hilera de butacas de por medio. Pudo así ver el perfil del rostro de la chica que, acalorada, alzaba la barbilla mientras hablaba y estiraba el cuello del sweater color rosa pálido separándoselo de la piel. La mujer vestida de negro oía las palabras que los labios de la joven mordían haciendo chasquear las bes. Conservaba sin embargo una esforzada calma, o se había resignado a ese discurso —a ese reproche o a esa acusación, pensó él, porque no podía tratarse de otra cosa o, al menos, eso era lo que a Minelli le inspiraba el tono hiriente y exasperado de la chica— y con las piernas y los brazos cruzados mantenía fija la cabeza y la mirada —que él no podía ver— en los cristales del fondo, tal vez en el haz de luz del reflector que continuaba cruzando en abanico el muro de la oscuridad. De pronto, en el punto que debió ser el más discutible de su enojo, la joven cambió de lengua y con palabras que Minelli comprendió perfectamente dijo: «Asfa nos está engañando. Asfa te está mintiendo.» La mujer vestida de negro no ofreció ni el más mínimo indicio de haber acusado el impacto, pero a él le pareció imposible que ella fuese invulnerable a un golpe semejante. Él había escuchado la conclusión de la chica como una revelación. Y por mucho que conociese a Asfa, por mucho que la mujer vestida de negro estuviese resignada y sometida a un engaño, Minelli decidió creer que ella se había visto obligada, frente a la afirmación de su hija, a disimular su sorpresa o su dolor: se había visto obligada a intentar persuadirla mediante el silencio y la impasibilidad de que estaba terminantemente equivocada. En cualquier caso, lo cierto fue que después de exclamar «¡Asfa te está mintiendo!» la chica no dijo nada más. Encendió un cigarrillo, furiosa, y sopló el humo como si estuviese escupiendo su odio en la cara del demonio.

Para ocultar su evidente intromisión Minelli abrió el diario al azar y leyó:

Un nuevo incendio amenaza la fauna de las islas Galápagos

Un segundo incendio se declaró en la isla de San Cristóbal, en el archipiélago de las Galápagos, que se extiende por el momento sobre una superficie de 20 hectáreas, según los informes de pilotos de aviación que lo avistaron.

Mientras releía una y otra vez el texto, sin poder registrar la información, advirtió que necesariamente había tenido que imaginarse los gestos de la mujer y de la chica, cuando discutían, puesto que le había sido imposible verlos: *él esta-ba sentado detrás de ellas.* Sin embargo recordaría después con inusitada nitidez el rostro atormentado de la mujer vestida de negro y el alivio que despejó su frente y sus párpados en medio del silencio que siguió a las acusaciones de su hija. Nada indicaba, para colmo, que ellas abandonarían en seguida la pequeña sala de espera y esto hizo que Minelli se sintiese ofuscado. Lo que quería hacer a continuación era absolutamente intrascendente, pero íntimo, y el cauteloso temor de que la mujer vestida de negro pudiese vislumbrar su turbación o intuir su cobardía lo hundía anticipadamente en una bochornosa vergüenza. Buscó de todos modos el dinero en los bolsillos del saco y se puso en pie. Levantó el auricular de un teléfono y depositó en la ranura superior, sin contarlas, un montón de monedas. Su mirada controlaba los movimientos de la mujer y de la chica. Ellas seguían en sus sitios, en silencio, obviamente resentidas. Entonces él marcó pausadamente cinco números: *Cero tres nueve cuatro uno.* Se detuvo. Pensó que deseaba encender un cigarrillo pero no lo hizo. Se sintió de pronto como un actor y se vio a sí mismo —desde una butaca, por ejemplo, sentado como en un cine— en una película. Sí: en ese instante, en esa escena, era imprescindible que encendiese un cigarrillo, y por eso se negó el consentimiento de ese impulso mecánico, trivial y obvio. Marcó otros cinco números y esperó. Pronto escuchó el sonido de las llamadas. Los contó y se cansó de contar.

Cortó la comunicación. Entonces la chica dijo: «Christine, ¿cómo es que no te das cuenta de que lo único que le interesa a Asfa es el dinero?» La mujer vestida de negro replicó: «No quiero oírte hablar así.» Después de estas palabras la chica no agregó nada más y él volvió a marcar los diez números en el teclado digital. En esta ocasión, cuando el teléfono estaba sonando por tercera vez del otro lado de la línea, una voz respondió y Juan Minelli contuvo la respiración. Era la voz de Joyce. Si hubiese estado solo en la sala habría cubierto el micrófono del teléfono con la mano derecha para que no se filtrase y fuese transmitido ni siquiera el más mínimo ruido. Pero no estaba solo. La voz repitió: «Pronto...» Era la voz que anhelaba oír y su corazón se agitó. Minelli se preguntó si la mujer vestida de negro podía escuchar, desde donde se encontraba, esa voz y descubrir en consecuencia que él, en verdad, no quería hablar. Esta posibilidad, sin embargo, le pareció improbable. Oyó por última vez: *«Pronto!»*, y luego el chasquido que le indicó que la comunicación había sido interrumpida. Colgó el auricular en la horquilla. Estaba embargado por la tristeza y no sabía qué hacer.

Se encerró en uno de los compartimientos del baño. Cortó un trozo de papel higiénico y frotó la tabla que cubría el *water-closet*. Colgó de una percha el bolso de cuero y se sentó. Los tabiques separatorios no llegaban hasta el techo, así que no pudo sentirse enteramente refugiado allí. Pero se hallaba —a menos que alguien se encaramase en los compartimientos contiguos y lo espiase desde lo alto de los tabiques— a salvo de miradas inescrupulosas. Esta sensación le permitió recuperar un momentáneo sosiego y se propuso dejar correr el tiempo hasta que se le ocurriese una idea. No hubiese podido explicar qué clase de idea esperaba encontrar, pero debía ser una idea verdadera. Buscó entonces algo en qué pensar, algo que lo distrajese de la obligación de pensar sólo en la llamada telefónica que acababa de hacer. Recordó, sin quererlo, la pregunta que la chica le había hecho a la mujer vestida de negro —es decir, a Christine— y la reconstruyó, palabra por palabra, una y otra vez, hasta alcanzar la convicción de que *ésos* —y no otros— habían sido los términos que ella había empleado. Entonces creyó percibir que la construcción de la frase revelaba que estaba desprovista de toda espontaneidad. La chica había preparado largamente la pregunta antes de formularla, en medio de su enojo, y tal vez por esa razón él le hallaba ahora resonancias demasiado formales o literarias. De todas maneras le pareció interesante y conveniente detenerse en la afirmación implícita. *Lo único que le interesa a Asfa es el dinero.* ¿Qué había dicho, o qué había querido decir con esas palabras? La alusión era incriminatoria y a Minelli le pareció evidente que no tenía nada de genérica. Pero ¿a qué dinero se había referido la chica? Si se hubiese tratado del dinero de la mujer vestida de negro ella quizás habría dicho «Lo único que le interesa a Asfa es *tu* dinero.» Hubiese sido lo más apropiado y también, sin dudas, más hiriente. Sin embargo decidió desechar esta posibilidad porque le resultó demasiado hipotética. La frase, además, tal como ella la había dicho, resultaba perfectamente comprensible para Christine si esa hubiese sido la intención de su hija. Era imposible, por otro lado, llegar a una conclusión infalible en cuanto ella podía haber mencionado *otro* dinero, que en tal caso sería el objetivo de Asfa denunciado por la joven, y posiblemente también un objetivo de la mujer, en cuyo logro los dos podían estar comprometidos aun cuando la frase —para Minelli— señalaba una posición desigual entre el etíope, Asfa, y la mujer vestida de negro o un vínculo que para Asfa quedaba justificado por su interés en un dinero determinado mientras que para ella implicaba algo más. En este punto se fundaba —estableció provisoriamente Minelli— la desigualdad y el sometimiento de Christine.

No quiso seguir adelante.

De pronto sus propias especulaciones le parecían inconsistentes y extravagantes. Ilusiones en torno a una figura desconocida.

Miró la hora. En el aeropuerto, o en ese rincón de un aeropuerto inexistente, era la una y cincuentaicinco minutos. Se sintió desmedidamente ridículo. Así que se puso en pie, se colgó el bolso de un hombro y salió del compartimiento. Se lavó la cara con agua caliente y cuando extendió una mano hacia las toallas de papel vio en el espejo al negro de pullover rojo. Supo entonces que no estaba solo en el baño, o que él y el encargado del baño no estaban solos allí, o —sí: eso era— que algo sucedía en ese mismo momento en ese lugar. Sus dedos rozaron la toalla de papel, pero hasta que extrajo una y comenzó a secarse —mientras el agua se le deslizaba por el cuello y le humedecía la camisa y mientras observaba que la posición del negro no era casual sino que obstruía con el cuerpo apoyado en la puerta el ingreso al baño— transcurrió un tiempo indefinido en el cual Minelli pensó que había caído en una trampa.

Hizo una bola con la toalla de papel y la estrujó entre las manos. Después la arrojó dentro de un bote metálico, bajo la mesada de los lavabos, y recogió el bolso. No encontró ni en los ojos ni en los gestos del negro ninguna advertencia y esto —se dijo— era más peligroso. Una mirada blanca y vacuna se movía con extrema lentitud por el baño sin detenerse en nada. En esta falsa indiferencia Minelli confirmó su intuición de

que se encontraba en una situación tan inesperada como comprometida. Miró primero hacia los
mingitorios y luego hacia los compartimientos.
Se preguntó qué pasaría si se encaminaba hacia la
puerta y se dijo que el negro no le cedería el paso.
Pero debía intentarlo. Estaba a mitad de camino
cuando escuchó un sollozo. Miró nuevamente a
su izquierda. La perspectiva de los fondos del baño había cambiado y ahora pudo ver el último
compartimiento. En el interior había un hombro
gordo, vestido de gris. Era calvo, tenía la desesperación grabada en los ojos y el sudor cubría su
piel como una máscara de vaselina. Una mano le
aferraba el cuello y le sujetaba la cabeza contra la
pared. Los faldones de la camisa amarilla, fuera
del pantalón, estaban sucios y arrugados, como si
el hombre gordo se hubiese limpiado en ellos los
dedos embadurnados con grasa o como si se hubiese arrastrado por un suelo mugriento. Los ojos
del hombre gordo, estragados por el tormento,
descubrieron a Minelli un segundo antes de recibir un puñetazo en el vientre. Su cara se descom-
puso en una mueca, en una red de lívidas arrugas,
y su mirada desapareció. Sollozó otra vez con los
brazos inertes colgando de los hombros como
bolsas de hule rellenas con arena y aserrín mientras la mano que lo aferraba y que lo sostenía en
pie se crispaba, le clavaba con ferocidad los dedos
en el cuello y le sacudía la cabeza. Era una mano
negra. Minelli vio brotar lágrimas de los ojos cerrados del hombre gordo. Contemplaba tan absorto esta escena que de pronto comprendió que

el encargado del baño había dicho algo en dirección al fondo pero ya era tarde para entender lo que había dicho. Él había oído su voz, sí, pero con los sentidos durmientes para todo aquello que no fuese la figura acorralada del hombre gordo y sus quejidos. Entonces miró al negro de pullover rojo y al hacerlo oyó otra voz que provenía del último compartimiento, donde el hombre gordo era golpeado. De modo que supuso que el agresor había escuchado el aviso del encargado y que había interrumpido el castigo apenas por un instante para asomarse y espiar al intruso en el mismo momento en que Minelli —el intruso— contemplaba desconcertado al encargado del baño. Y ese otro hombre negro, desde el fondo, había dicho: «Dile a ese hijo de puta que se haga humo.» Así que el negro de pullover rojo dijo: «You, fuck'n asshole, get out!» Y él obedeció.

Debía poner en orden sus pensamientos. No se le había ocurrido ninguna idea y continuaba obstinándose en recomponer las imágenes del sueño que se disgregaban o que se expandían como un pequeño universo en fuga. Sabía que había soñado o que había visto en su sueño más de lo que recordaba y esos personajes velados lo asaltaban con la insistencia de un espectro familiar. Lo único que podía afirmar, en otro sentido, era que la mujer vestida de negro se llamaba Christine y eso en rigor no significaba nada. Minelli se dijo entonces que no podía extraer conclusiones de los hechos que había presenciado desde su llegada al aeropuerto ni establecer entre las personas a las que había observado un sistema caprichoso de relaciones porque sólo existían —unas y otras— en su imaginación. Todo estaba a la vista —pensó— y él no había visto más de lo que los otros podían haber visto. El aburrimiento y el pesar lo habían inducido a urdir una trama turbia y obsesiva que en realidad carecía de sentido. De modo que él no debía —bajo ningún concepto— caer en la tentación de aceptar que todo lo que se había permitido conjeturar era posible... Cuando fuese interrogado acerca de estas circunstancias le sería esencial conservar la sangre fría y las ideas claras.

La isla de butacas comenzaba a poblarse nuevamente. Una familia japonesa ocupaba seis asientos. Tenían trajes y vestidos europeos y todos —desde el hombre que parecía el mayor del grupo hasta la niña más pequeña— usaban gafas. *Anteojos.* Minelli repitió esta palabra en voz baja. Luego la cortó: Ante/ojos. Después le agregó un artículo y dijo: «Ante los ojos.» Si *gafas,* en un principio, eran sólo las *patillas* de los anteojos, la palabra *anteojos* no era nada, o era apenas la descripción del sitio donde se ponía un objeto sin nombre. La lengua —pensó— era paradójica. Un ilustre cronista caribeño de Indias había descubierto, por ejemplo, que la Real Academia Española definía el día como el «Tiempo que el Sol emplea en dar aparentemente una vuelta alrededor de la Tierra.» Sin embargo su hallazgo iba más allá de este desliz o de esta irónica metáfora antropocéntrica. En el Diccionario de los Diccionarios, el «Diccionario de Uso del Español» de la catalana María Moliner, la autora no sólo recogía casi textualmente la misma idea sino que, para desventura de la astronomía y de las ciencias en general, le quitaba el adverbio *aparentemente,* con lo cual —desde luego— no había incurrido ni en delito ni en herejía pero había confirmado las sospechas del cronista y de Minelli de que la lengua es el mejor espejo de un deseo insaciable.

Un muchacho, sentado en una de las butacas de la isla, fumaba un cigarrillo de marihuana. Tenía el pelo rubio y largo y estaba enfundado en un grueso anorak verde y en un par de jeans desleídos. Su mirada parecía fija en las puntas de sus botas despellejadas o en la mano de una chica que dormía echada en el suelo, a sus pies, con el cuerpo encogido y cubierto con una manta escocesa. La cara de la chica era dulce, infantil y blanca y su pelo castaño era muy lacio y muy brillante. Minelli sintió envidia de ese muchacho en quien el tiempo —pensó— no había esbozado aún las cicatrices de la vida real y de los sueños inconclusos, y se preguntó si él —Minelli— sería verdaderamente capaz de cambiar su vida por la de ese joven y de continuar viviendo a partir de entonces tal como él preveía que lo haría el muchacho, es decir, evitando los equívocos, las trampas, los anclajes, y sin interrogarse acerca de las penumbras del pasado y de los desiertos crecientes de la memoria en cuyos espejismos él permanecía encadenado.

De modo que entró en el sex-shop del aeropuerto sumido en estas divagaciones y en otras incógnitas pero en seguida, bajo el efecto de las luces rojas, de la música y de un inesperado perfume de pachulí se olvidó de ellas. Recorrió lentamente el local por los angostos pasillos que delimitaban las estanterías de metal y contempló los objetos expuestos sabiendo que se entregaría de este modo a las tribulaciones de una doliente excitación, porque el deseo comenzaba a encarnarse en él, se volcaba en los torrentes de su sangre, reptaba como un monstruo somnoliento y despótico desde su corazón hacia otras vísceras y convocaba a los invencibles dioses de la lascivia, de la perversión y del rito para desenlazarlos en la más carnívora de las danzas, estrangulándole el estómago, sobornándole los sentidos, y atrapándolo así como había quedado atrapada su mirada en fotos y textos, en figuras escabrosas y ontológicas, en claustros tiernos, pechos gloriosos y nalgas impenetrables, en correajes diabólicos, clavos y tachas brillantes, arneses, botas, espuelas, látigos y monturas amazónicas, en altos penes y hondas vaginas de goma, en bocas tibias donde el último soldado debía ensartar su pica para rendir o derramar en la garganta imaginaria de su víctima el estigma de la esclavitud, en vejigas de látex que almacenaban flujos, secreciones y esencias para hacer verídicos la dominación y el uso de miembros y cuerpos tan sofisticados como inverosímiles, en el embrujo irrompible de los serrallos ricos en las volubles prendas de encaje transparente y seda ciega del fetichismo y del ensueño.

Un vendedor se le acercó y Minelli, sobresaltado, comprendió que se había detenido durante demasiado tiempo frente a un mismo objeto. En las sombras rojas del local vio los largos dientes del vendedor, quien le sonreía con el regocijo y la comprensión de un empresario de pompas fúnebres. Así que él le dijo: «Estaba mirando.» Y mientras se le escapaban esas palabras vergonzantes se sintió abochornado y admitió que sin proponérselo y por una vez había dicho sólo la verdad. El vendedor se retiró y Minelli continuó su paseo. En el extremo del salón había tres cabinas. Las dos primeras estaban ocupadas, pero la última —a la derecha— se hallaba a oscuras, con la puerta entreabierta, y él no tuvo más remedio que entrar en ella. Cuando cerró la puerta se encendió automáticamente una luz amarilla. La cabina era muy estrecha y Minelli pensó en un calabozo. Se sentó en la única butaca de madera y descubrió ante él, adherida a la puerta, una caja metálica donde debía introducir las monedas. En la parte superior de la puerta había un espejo inclinado hacia la butaca y a través del espejo Minelli descubrió que la pantalla del televisor se encontraba a sus espaldas y encima de su cabeza, de modo que él veía una imagen grabada en video y reflejada en el espejo, lo cual no sólo le pareció una ingeniosa solución para el problema de las distancias en el interior del calabozo sino, además, una nueva experiencia de complejo e imprevisible voyeurismo especular. Depositó algunas monedas en la caja y la proyección comenzó de inmediato. Había una mujer apoyada sobre los brazos y las rodillas en una cama y un hombre, tras ella, le sujetaba la cintura con las manos y en ese preciso instante —con certera embestida y diestro cálculo de probabilidades— le encajaba en el ano todo su inflamado y recto estoque en el primer intento.

La ausencia de prolegómenos hizo que Minelli reparase en las *Indicaciones* que enunciaba un cartelito en el costado frontal de la caja metálica. Entonces se enteró de que la función era ininterrumpida, las veinticuatro horas, y de que la escala de precios correspondía a la cantidad de minutos que cada espectador deseara consumir. Así que lo habitual debía ser —pensó— poner una moneda en la ranura por los primeros tres minutos para ir ampliando luego a voluntad la proyección según las necesidades, la ansiedad o las expectativas de los diversos ocupantes de la celda. Minelli abrió el bolso y sacó la botella de whisky. Había encontrado, también en la puerta, un cenicero. Bebió y fumó en tanto la protagonista de la escena, postrada por el dolor y la dicha, humillaba la cabeza, mordía las almohadas, se erguía y sacudía el pelo como sacuden sus crestas las gallinas enjauladas, se frotaba con vehemencia los pechos colgantes, se mojaba los labios sedientos con una lengua violada, gemía y meneaba en éxtasis las nalgas mientras el hombre retrocedía hasta el esfínter y en seguida volvía a meterle el miembro entero en el ano con la misma precisión y eficacia con que un picapedrero descargaba una y otra vez su martillo.

La habitación de los amantes tenía una ventana a través de la cual se veían árboles, pájaros y un cielo verde. Este color se debía probablemente —pensó él— a la fatiga de la copia. El papel de las paredes parecía gris con arabescos azules y en un rincón había una armadura completa, con su barbote, su gola, su ristre y su escarcela, con sus codales, manoplas y escarpes. De modo que la pareja se encontraba tal vez en un castillo, aun cuando otros elementos —las mesas de noche, por ejemplo, el armario y los espejos— describían inocultablemente un ambiente híbrido donde era probable que se hubiesen acumulado objetos sin prestar excesiva atención a su eventual anacronismo. Sin embargo la desnudez de la pareja y la ausencia de otros datos impedían establecer la escena en una época cierta.

La aguja regresiva de un reloj incrustado en la caja metálica señalaba el tiempo de proyección que aún quedaba por delante y Minelli se imaginó el momento en que inevitablemente debería abandonar la cabina y el sex-shop y entonces temió que alguien —¿Asfa, el etíope?— lo viese salir de allí... A pesar de los convincentes gestos obscenos, de los músculos hinchados de su cuello, del sudor que le caía por los pechos como surcos brillantes entre dunas temblorosas, de los sacudimientos con que su cuerpo acusaba y recibía la llegada puntual y continua del hombre hasta el fondo de su ano, Minelli observó que los pies descalzos de la mujer estaban sucios y que su mirada había quedado fija en un punto invisible o en otra escena. Mientras su lengua se revolvía en el aire como una serpiente herida sus ojos quedaban aislados en el reverso o en la nada de aquella atlética parodia como una fría visión de la muerte. La proyección se interrumpió. Bajo la luz amarilla, a solas, Minelli se creyó desprotegido. Bebió un para de tragos de whisky y encendió otro cigarrillo. En su reloj eran las doce y cincuenta minutos. Tenía calor.

II. Descripción de Perseo

Él era el que había de ser asesinado y el asesino.

PETER HANDKE

La compañía Pan American anunció por los altavoces la llegada de su vuelo número 202 procedente de Buenos Aires. En uno de los pasillos laterales Minelli seguía el camino indicado por los carteles de señalización de servicios en busca de otro teléfono. Esta vez —se lo había propuesto— hablaría con Joyce sin vacilaciones. Sabía exactamente qué quería preguntarle y qué debía decirle a continuación, fuese cual fuese la respuesta que ella le diese. Era una decisión irreversible. Así que llegó a los salones de un restaurante que a esa hora no atendía al público. Los salones se encontraban a la derecha de un ancho corredor que él hasta ese momento no había recorrido. El espacio no estaba delimitado con elementos fijos sino con plantas y vitrinas móviles donde se exhibían perfumes, pañuelos de seda, encendedores, biblias y minuciosas maquetas de las sedes —o de las *casas matrices*— de grandes bancos y empresas internacionales. Las sillas de cuero eran mullidas. Una mujer negra, obesa, de pelo gris, dormía en el primero de los salones con los brazos cruzados sobre los pechos y la cabeza erguida. En otra silla, frente a ella, un adolescente negro leía una revista de historietas con los pies apoyados en el borde de la mesa donde la mujer había dejado sus bolsos y paquetes. Las zapatillas de basket del adolescente eran rojas y blancas, estaban salpicadas de barro y tenían los cordones deshilachados. Minelli siguió avanzando hacia el segundo salón. El inconfundible olor artificial a flores de un *aromatizador* de ambientes impregnaba el aire. De pronto él se sintió desanimado. Poco antes del final del tercer salón del restaurante, en el pasillo de circulación, había visto los carteles que indicaban que los baños se hallaban a la derecha y los teléfonos automáticos a la izquierda. Faltaban todavía más de cuatro horas para la salida de su avión, de modo que no había razón alguna para que se diese prisa. La tentación de sentarse y de descansar unos minutos le resultó irresistible. Tal vez entonces, sin que ese fuese ahora su propósito principal, conseguiría poner un poco de orden en sus ideas. Eligió una mesa apartada del corredor. En el otro lado del salón vio la barra. Tras ella había un espejo oscuro, del color del bronce, y en el espejo se reflejaban las botellas de las más diversas bebidas pulcramente ordenadas y relucientes sobre dos estantes de cristal que cruzaban el espejo de un extremo al otro. La mayoría de los focos de iluminación, embutidos en el techo, estaban apagados y sólo seis arrojaban sus haces rectos de luz hacia abajo. Algunas luces llegaban hasta el suelo cubierto con una alfombra marrón. Otras —apenas dos, estableció Minelli— caían sobre unas mesas. En estos dos casos las superficies verdes y opacas de las mesas parecían minúsculas y perfectas llanuras desoladas en medio de la oscuridad. A él le hubiese gustado en ese momento ser un hombre desprevenido y adormecerse en esa silla sin precauciones ni remordimientos. Entonces quizás hubiese podido ir al reencuentro del sueño que lo había asediado en la peluquería bajo la dulce nube de fomentos para continuar atisbando los secretos y las revelaciones que aquellas imágenes le habían anunciado y para desentrañar sus propios actos ocultos, esos que intuía que había ejecutado pero que ya no podía recordar, o los que hubiese cumplido sin remedio y cabalmente si le hubiesen sido dados la ocasión y el coraje de no huir de allí, de no retroceder, o de no arrepentirse. Sin embargo, por más que lo intentase, sabía que no podría dormir. Sacó el periódico del bolsillo exterior del bolso de mano y lo abrió entre las últimas páginas. Leyó:

Murió Zoot Sims, saxofonista de jazz

A los 59 años, en Nueva York, ha muerto de cáncer el saxofonista de jazz John Haley, *Zoot Sims*. Era californiano, de Inglewood, donde nació el 29 de octubre de 1925. Zoot estuvo en las mejores orquestas blancas, como la de Benny Goodman y, sobre lodo, la de Woody Herman. Zoot Sims era un intérprete extraordinario y muchos comentaristas de jazz le consideraban el mejor saxo tenor blanco.

Sin una intención definida, sin saber en verdad por qué lo hacía, Minelli trazó un óvalo rojo con un *rotulador* enmarcando la noticia de la muerte de Zoot Sims. Comenzó a hojear el diario desde esa página hacia las primeras. Se detuvo una vez más y señaló otra noticia. Pero una idea repentina, primero confusa y en seguida, progresivamente, más clara e incitante, se cruzó en sus pensamientos. *Debía escribir una nueva tarjeta postal.* Recordó la escultura de Perseo, en la Loggia dell'Orcagna, y comprendió que Cellini había cometido un error. Era posible que más tarde, pocos días después, o en un futuro incierto, esta idea le pareciese infundada o absurda. Sin embargo, provisoriamente, estaba convencido de que ahora se hallaba más cerca de la realidad. Así que se preguntó si lo que tenía que hacer de inmediato era llamar por teléfono o ir a comprar otra tarjeta postal para completar o corregir su mensaje anterior. Se dijo que le sobraba tiempo y que podría hacer las dos cosas. Pero sería fundamental encontrar las palabras adecuadas —las más correctas— para transcribir esta última intuición. Plegó el diario y recogió el bolso.

Un hombre regresaba desde el fondo del corredor. Volvía del baño o de los teléfonos, no cabían más posibilidades, o era otro caminante solitario y ensimismado que mataba el tiempo recorriendo todos los recovecos de aquella zona de preembarque del aeropuerto, ese espacio impersonal y clausurado donde el mundo se evocaba con la ambigüedad y el riesgo con que se recuerda un acontecimiento lejano o irreconocible. El hombre era pálido, muy delgado, y su ropa —el traje de franela azul, la correcta camisa blan-

ca, la corbata gris y los relucientes zapatos negros— componía una deliberada y escrupulosa
elegancia. Cuando se cruzó con Minelli, en el corredor, detuvo en él la mirada. Tenía los ojos elocuentes y temibles de un hombre mortificado o
de un impostor. Con las manos en los bolsillos
del pantalón, en un gesto fugaz pero innegable,
inclinó la cabeza y movió los labios. Había sido
un saludo. Minelli, sorprendido, fue incapaz de
responder. El hombre delgado continuó su camino en dirección a la sala de espera central: él quizás no le concedería ninguna importancia a este
episodio en cualquier caso intrascendente.

   Minelli apresuró la marcha. Llevaba ya
las monedas en un puño y se repitió las frases que
había resuelto decir por primera vez cuando ha-
blase con ella. Desembocó por fin en el último
pasillo. La ansiedad le hacía sudar las manos. A la
izquierda había tres cabinas telefónicas. Frente
a ellas, en el suelo, un grupo de personas jugaban a los dados. Un etíope cubierto con una túnica advirtió a los otros. La mujer que se aprestaba a
arrojar los dados, en cuclillas, miró hacia la entrada del pasillo. Minelli no supo qué hacer. Dis-
minuyó el paso, dispuesto todavía a llegar a las
cabinas, pero de pronto la intensidad de las miradas que se habían concentrado en él le resultó
abrumadora y pensó que lo más sensato sería, tal
vez, retirarse de allí. Se dijo en seguida, sin embargo, que si lo hacía sin más ese acto podría
alarmar a los jugadores y en tal caso —si ellos
llegasen a recelar de él— su situación podría

complicarse imprevisiblemente. Aceptó que esta inquietud era antojadiza y que no había razones sensatas para creer que su aparición en ese lugar provocaría un malentendido o desencadenaría una respuesta violenta por parte del grupo, pero se decidió por la conclusión de que sólo si su comportamiento era visto y considerado por los otros como enteramente casual e inofensivo estaría con seguridad a salvo de sospechas o de reacciones enojosas en las que no deseaba quedar involucrado. De modo que se acercó al grupo de jugadores. No sonrió. Su rostro debía mantenerse sereno y él no debía apelar a gestos de dudosa simpatía: no hay peor enemigo que la complicidad imaginaria.

Un hombre mal entrazado, rubio, de corta estatura, y de quien Minelli se dijo que tenía el aspecto de un futbolista irlandés —incluyendo el vientre de un sabio bebedor de cerveza—, fue el primero en quitarle los ojos de encima. Luego una voz preguntó: «¿Cuándo vas a soltar esos malditos dados, muñeca?» La mujer en cuclillas sacudió nuevamente las manos juntas, masculló entre dientes una invocación y arrojó con fuerza los dados, a ras del suelo, contra la pared. «Nueve», anunció innecesariamente la voz de otro hombre. La escena se había recompuesto pero Minelli sabía que alguien, todavía, lo observaba. Sentía con inusitada claridad el peso de esa mirada. La mujer había recuperado los dados y volvió a tirarlos. «Cinco», anunció la misma voz. Él no alzó la cabeza. No era aún el momento de hacerlo. La mujer besó una medalla que le colgaba del cuello. El futbolista irlandés estrujaba con impaciencia un montón de billetes. «Cuatro.» La mujer sacudió enérgicamente la cabeza. No era una muestra ni de abatimiento ni de contrariedad. Pretendía infundirse ánimo, fe, y convocar así a la suerte. Echó entonces los dados arrullándolos. «Tres.» «No es así como se hace, muñeca», dijo el mismo hombre que había ordenado que el juego continuase. «¿Por qué no te mueres, canalla?», replicó ella. Minelli pensó que ése era el hombre que lo había mirado con tenaz desconfianza. La mujer batió vehementemente los dados y cerró los ojos antes de soltarlos. «¡Siete!» Hubo ahora en el tono del anunciante un maligno regocijo. «Créeme que lo siento, muñeca», se burló el otro. La mujer se incorporó. «Eres un gusano», le dijo. El hombre negro le mostró con desdén los dientes. Era Asfa. El etíope de la túnica le recogió los dados y Asfa los sopesó en la palma blanca de una mano. «Te enseñaré algo inolvidable.» La mujer no respondió. Asfa puso en el suelo un billete de cincuenta dólares y mientras esperaba que otros jugadores fuesen aceptando su envite hasta cubrir la totalidad de la apuesta volvió a mirar a Minelli. Después tiró los dados y ganó. Entonces no dijo nada. Esperó que le pagasen y dejó esos cincuenta dólares sobre los suyos, así que su próxima apuesta era por cien. La mujer que acababa de perder decidió cubrir cuarenta. Los cuatro billetes arrugados quedaron a sus pies como un despojo. Asfa no le prestó atención.

Ella, visiblemente alterada, contempló con desprecio a los hombres que la rodeaban. Quizás Minelli le pareció el menos hostil, o el más transparente. En el amontonamiento del grupo en torno
al estrecho espacio abierto donde se arrojaban los
dados era también quien se encontraba más cerca
de ella, y no ignoraba que cuando movía la cabeza su pelo rozaba el hombro de Minelli. Hacía
apenas un instante, además, cuando todos los jugadores se habían inclinado para comprobar qué
número sacaba Asfa, ella habría advertido inevitablemente el fugaz contacto del pecho de Minelli contra su espalda. De modo que él no consideró ni un atrevimiento ni una actitud fuera de
lugar que la mujer le pidiese un cigarrillo. Tampoco se sintió molesto cuando después de ofrecerle fuego ella no le expresó su agradecimiento.
Era una mujer esbelta, de hombros anchos y ca-
deras sobresalientes. La falda le llegaba a las rodillas y los tacos altos exageraban el atractivo de
sus piernas. La blusa blanca, de algodón, tenía
amplias mangas y un prudente escote curvo. Su
cuello era tal vez demasiado largo y la rara armonía de los rasgos de su cara no ocultaba —a pesar
de una repentina máscara de fatiga— las sombras perpetuas de la tenacidad y del resentimien-
to. A Minelli le hubiese sido imposible aven-
turar la edad de esa mujer aun cuando suponía
que no se equivocaría de medio a medio si dije-
se que tenía más de treinta años y menos de treintaicinco. Pero estaba seguro de que los cuarenta
dólares que ella había apostado eran todo el dinero

que le quedaba. Entonces oyó los dados repicando en el suelo. Los jugadores enmudecieron. Después nadie se atrevió a bromear con la suerte de Asfa. El etíope había ganado otra vez con un once en el primer tiro. Contó el dinero y duplicó su apuesta. «Son doscientos dólares, compañeros», dijo Asfa. Los dados de color marfil, entre sus dedos, eran dóciles asesinos —pensó Minelli—, objetos obedientes y feroces en los que no cabían las indulgencias del azar. Asfa volvería a ganar. Un hombre se abrió paso entre los jugadores, se agachó y puso en el suelo, a la vista, un billete de cincuenta. Luego hizo crujir los huesos de sus manos y esperó. Tenía la piel aceitosa y el pelo despeinado que le rodeaba la coronilla calva flotaba sobre sus orejas como nubes de viruta de acero. Era el hombre gordo, vestido de gris, a quien Minelli había visto cómo le pegaban en uno de los compartimientos del baño de la sala de espera central. Los puños de la camisa amarilla, fuera de las mangas del saco, estaban manchados. Detrás del hombre gordo se había situado con una pose ostensiblemente vigilante el negro encargado de la limpieza del baño. Asfa encerró los dados en el puño derecho. Con la otra mano se sacudió los pantalones sin poner atención en este acto y, quizás, sin conciencia de él. En sus ojos se había encendido una luz fulgurante. La mujer se llevó a los labios la medalla que colgaba con una fina cadena de su cuello y la mordió suavemente. Quiso dar un paso atrás o alejarse del hombre que tenía a su izquierda y se

topó con Minelli. Entonces lo miró de reojo con
explícita insistencia pero él fingió no darse cuenta. El hombre gordo, enfrente, se pasó una manga del saco por la cara para secarse el sudor. Asfa
meció el brazo derecho como un péndulo implacable y en uno de estos vaivenes soltó los dados.
El corto impulso los hizo rodar brevemente sobre sus cantos. El que iba delante fue el primero
en detenerse. El único punto central —pensó
Minelli— era el signo invisible de una profecía.
El segundo dado se alzó —después de un vuelco
raro— sobre un vértice y giró sobre sí mismo
con incomprensible energía hasta que de repente
—si su danza hubiese continuado no hubiese podido ser más que una ilusión— se rindió. Debía
ser el seis. Asfa se puso en pie. Su figura irra-
diaba la fuerza de un poder sagrado. Antes que
el dinero anhelaba la bendición de la gloria. El
hombre gordo levantó la cabeza. Era un esclavo.
Se había librado de la desesperación: ahora tenía
miedo.

Entonces, sin indicios previos, sin haber dado señales de que era cierta pero que se hallaba a la deriva en las tinieblas, y cuando él ya había cedido en su empeño de una persecución estéril, la escena que había huido hacia el abismo donde los sueños se ocultan del prevaricato de la realidad y de la estepara y ociosa rapiña de los condenados a la ignorancia se hizo presente de pronto como una visión que reaparece para desvedar el espacio de la anunciación. De modo que había algo esencialmente falso en su recuerdo, o en la interpretación que su recuerdo había establecido, o en la captura ilusoria y parcial de las imágenes originales.

Bajo la lluvia de hilos de plata, en la llanura, la mujer de pelo azul había salido a su encuentro. El aire ondulaba la falda del vestido translúcido y el agua le iluminaba la piel y la mirada. Él se había quedado inmóvil frente a ella, turbado por el hechizo fulminante de su belleza. La mujer dijo una única palabra cuyo sentido le resultó incomprensible pero él supo ahora, en cambio, que no era un extraño para ella —aunque jamás lo hubiese visto— y que tampoco era un impostor.

Los muros de la casa se derrumbaron silenciosamente o la hierba creció y trepó por ellos hasta que dejaron de existir Una rancia nube se alzó desde la tierra y el cielo fue dominado por la oscuridad y por el vacío. El lobo huyó entre flores carnívoras, pero en las manos de él había quedado la sangre de sus fauces.

¿Qué peligro lo amenazaba?

¿Quién era esa mujer a quien por un instante había creído regresar y amarla con locura?

¿Quién era él, allí, armado y errante?

Se encontraba en un lugar innombrable y familiar que sin embargo no le pertenecía. ¿La llanura era sólo una trampa, una ilusión donde debía cumplirse el oráculo, porque el destino es el que funda y causa todos los actos de un hombre?

La mujer de pelo azul extendió los brazos y le ofreció sus manos. Él no pudo verse a sí mismo. No se había movido pero ahora estaba junto a ella. Fue presa del deseo de su propia muerte y se aferró a sus armas y a su flaqueza con la certidumbre y el horror de quien se ha perdido en un laberinto tejido por la eternidad.

Un sendero de sangre manaba del cuello herido de la mujer, se desdoblaba y caía a lo largo de sus brazos y de su cuerpo. El vestido comenzó a teñirse lentamente de rojo. Las manchas donde se reflejaba la luz de una estrella intensa y solitaria se extendían como la esencia de una bestia sin forma.

El horizonte se quebraba en llamas blancas.

Sopló el viento, le golpeó el rostro, y él recuperó la fuerza y la conciencia del designio que lo había llevado allí.

La sangre de la mujer de pelo azul ardía.

Una niña saltaba en los primeros tramos de una escalera mecánica fuera de servicio. Era una niña rubia, de tres o cuatro años, que tenía en brazos una muñeca negra de lienzo. El pelo de lana de la muñeca había sido trenzado y los extremos de cada una de las trenzas estaban sujetos con un lazo de terciopelo verde. La niña se detuvo y miró hacia lo alto. Luego subió hasta el último escalón, se encaramó sobre el pasamanos y se dejó caer a lo largo de la franja de caucho. Llegó al suelo sin tropiezos y dio una media vuelta, radiante, orgullosa de sí misma, y recibiendo quizás en la fantasía de su juego aplausos de admiración. Nadie, cerca de allí, parecía estar pendiente de ella.

Minelli se paró y la mujer que había perdido sus últimos cuarenta dólares jugando a los dados lo hizo varios pasos más allá. La niña volvió a trepar por la escalera. «¿Es una criatura enternecedora, verdad?», preguntó la mujer. Él no respondió. No estaba seguro de que la ternura fuese justamente el sentimiento que aquella niña le inspiraba. «La mayoría de los chicos lo son», insistió la mujer, «sobre todo para quienes son incapaces de amar.»

Minelli había decidido por fin marcharse del pasillo donde se jugaba a los dados. Había mirado una vez más las tres cabinas vacías de los teléfonos automáticos pero se había negado a encerrarse en una para hacer su llamada en presencia de los otros. Así que se había ido, tan cuidadosamente como había llegado, y en seguida la mujer lo había seguido. Él apuró progresivamente el paso con la intención de evitar toda clase de confusiones pero ella le había dado alcance en el corredor del restaurante. «Ese juego me saca de quicio», había dicho. Minelli había intentado disimular su irritación con una sonrisa.

La niña se arrojó nuevamente por el pasamanos abrazada a la muñeca. Poco antes de que tocase el suelo él retomó su camino. La mujer lo miró pasar. Quizás se preguntó por qué había elegido a ese hombre taciturno y hostil. Quizás pensaba en cualquier otra cosa. Lo cierto fue que echó a andar otra vez tras Minelli. Llevaba entre los brazos cruzados una gabardina y su cartera de piel. Quien observase esta escena desprevenidamente podría creer, por ejemplo, que se trataba de un típico disgusto familiar. Los tacos altos de los zapatos de la mujer resonaban ahora contra las losas de mármol en el vacío de un pasillo de la sala de espera central.

«Es ridículo», dijo ella. «Perdemos tanto tiempo en tonterías que un buen día descubrimos que no hemos conseguido ni siquiera una de las cosas que siempre deseamos. Sufrimos, trabajamos y nos aburrimos hasta que terminamos hartos de nosotros mismos... Me encantaría fumar un cigarrillo.»

Tenía el pelo corto y lacio con un espeso flequillo que le cubría la frente. Se acercó a la llama del encendedor y sus dedos tocaron la mano de Minelli. Entonces encogió los hombros como si se hubiese estremecido y sonrió. Mientras seguía caminando se puso la gabardina y después se quitó el cigarrillo de los labios.

«Sí, es ridículo. Nos pasamos la vida haciendo colas y trámites o esperando eternamente que un funcionario se digne a recibirnos cuando se le dé la gana en una de esas malditas oficinas malolientes. Soportamos a los cretinos y a la burocracia como ratas domesticadas y perdemos miserablemente el tiempo porque queremos creer que no hay más remedio que perderlo.»

Hizo una pausa y fumó. Meneó la cabeza en un gesto negativo. Luego agregó:

«Pero a veces esperamos siete horas la salida de un avión pura y simplemente porque ya no podemos hacer otra cosa... Tal vez sería más fácil aceptar la realidad si fuésemos capaces de amar.»

Miraba el suelo de mármol gris o sus zapatos. No sabía hacia dónde caminaban y era posible que no le interesara saberlo. Minelli pensó que debía decirle algo, hacer quizás un comentario o una pregunta, para que ella tuviese la certeza de que la había escuchado con atención, pero no encontró las palabras correctas. No sabía, además, si la inesperada compañía de esa mujer no acabaría resultándole un estorbo. Lo mejor —se dijo— sería sacársela de encima. Se propuso inventar una excusa y poco importaría que a ella le sonase bien o mal. Era una mujer preparada para aguantar con entereza los desplantes y las contrariedades.

Sin embargo ella dijo:

«La verdad es que la felicidad no existe porque existe el pasado. Este es el problema. Llevamos a cuestas una carga inhumana. El pasado es la venganza de Dios. Su castigo no fue abandonar a esos dos pobres ignorantes en el mundo sino inventarles un pasado...»

Minelli descubrió de pronto a Christine y a su hija. Estaban sentadas a la mesa de un bar, del otro lado de la sala de espera. Sin pensar, como si una fuerza involuntaria se lo hubiese impuesto, cambió de rumbo y se dirigió hacia donde se encontraban ellas.

«Lo peor de todo esto es que ni siquiera vale la pena saberlo. Es una de las cosas más inútiles que conozco. Pero es curioso que sea también una de las más dolorosas. Nadie se entiende mejor con los demás hablando del pasado.»

La mujer se detuvo en una máquina, depositó media docena de monedas y sacó un paquete de cigarrillos. Minelli eligió una silla desde donde podía observar a Christine y a la chica. Cuando se presentó el camarero él pidió un hot-dog y una Coca-Cola y la mujer una cerveza. Después ella se respaldó en la silla, hundió las manos en los bolsillos de la gabardina y esperó.

«No me siento bien, Connie. Te ruego que dejemos para otro momento esta discusión.»

Era la voz de Christine. Se había sacado el abrigo y se había arremangado la camisa de seda negra. La chica, para sorpresa de Minelli, se sonrojó. En seguida desvió la mirada y se pellizcó los labios. Entonces él pensó por primera vez que tal vez esa chica no estuviese preocupada sólo por su madre sino también por ella misma. ¿Sabía algo, por ejemplo, que la mujer vestida de negro desconocía? Si Christine era la amante de Asfa, ¿qué tipo de relación tenía la chica llamada Connie —de quien Minelli suponía que era hija de Christine y de otro hombre— con el etíope? ¿Involucraba la sumisión de Christine a Asfa —que él había imaginado o creído evidente— también a Connie en un mismo lazo que ella parecía ser la única de los tres que tenía intenciones de romper? La mujer vestida de negro estaba más pálida. En su rostro blanco, sin maquillaje, las ojeras se habían hecho más profundas, como una señal de que el cansancio o un creciente malestar doblegaba poco a poco su ánimo.

Minelli contempló el hot-dog solitario en medio del plato. Le puso mostaza a la salchicha y comenzó a comer. Frente a él, la mujer había apoyado los codos en la mesa. Tenía los dedos entrelazados y se sostenía la barbilla con los pulgares. Dijo:

«Mi nombre es Judith Lem. Necesito cincuenta dólares. Sé que no puedo pedírselos prestados, pero se los devolveré. Quédese con esto. Es una buena garantía, ¿no?»

Se quitó del cuello la medalla y la cadena. Sin dejar de mirarlo bebió un sorbo de cerveza.

Él se limpió la boca. Se convenció de que el trato que le proponía la mujer era razonable. Además, si lo aceptaba, no tendría que seguir buscando una excusa para sacársela de encima de una vez por todas. Así que se sintió afortunado y libre. Le dio el dinero.

Destapó la botella de whisky y se sirvió lo que quedaba en el vaso de cartón vacío. Le desagradaba el persistente sabor de la mostaza. Retuvo el primer trago en la boca y el alcohol le hizo arder las encías. Desplegó el diario sobre la mesa y encendió un cigarrillo. No había motivos, al fin y al cabo, para creer seriamente que su situación se había complicado demasiado. Sin embargo, si era interrogado, se vería en la obligación de hallar un argumento irrefutable para explicar su encuentro con Judith Lem. Levantó la medalla y la sostuvo en el aire desde el cierre de la cadena. La medalla, girando sobre sí misma, osciló como un péndulo. Estaba grabada, pero él no tenía curiosidad ni quiso detenerse ahora en este detalle. Recogió por último la joya en una mano y su peso le pareció correcto. Tal vez había hecho, sin proponérselo, un buen negocio. ¿Por qué no hubiese podido decir ni una palabra en ese momento acerca de Judith Lem? No se trataba, fuera de toda duda, de una mujer ante quien él lograría mostrarse indiferente durante mucho tiempo. Era verdad que no lo había turbado y que su figura indolente y sensual no había despertado en él un vivo interés. Pero también era cierto que aun cuando su prevención no había sido elaborada minuciosamente, Minelli había establecido con claridad la distancia necesaria para mantenerse a salvo de todo riesgo. Esto implicaba, quizás, un difuso temor o una intuición de que debía actuar con firmeza si no deseaba caer de pronto, cuando menos lo esperase, en una trampa.

Se llenó otra vez la boca con whisky. Encerró dentro de un óvalo rojo una noticia del periódico.

Los militares republicanos ya pueden usar uniforme castrense

Los militares republicanos que eran profesionales de los ejércitos antes del 18 de julio de 1936, fecha de inicio de la guerra civil española, podrán desde el miércoles 27 usar uniformes castrenses, solicitar tenencia de armas y disfrutar de los derechos de los afiliados al Instituto Social de las Fuerzas Armadas.

Lo más probable es que se haya preguntado qué edad tendrían hoy los militares republicanos y cuánto tiempo habrían empeñado en la consecución del restablecimiento de sus jerarquías y atributos. Pensó que se trataba, en cualquier caso, de una noticia que hubiese llamado la atención de Judith Lem en la dudosa hipótesis de que ella acostumbrase hojear de vez en cuando un diario.

En la mesa vecina Christine abrió su bolso y sacó una cigarrera de plata. Este objeto desconcertó a Minelli. No pudo imaginarse a la mujer vestida de negro en el acto de rellenar cada día su petaca. De modo que se dijo que la usaría sólo por gentileza o por obligación. A ella jamás se le habría ocurrido comprarse una cosa así. Minelli recordó, además, haber visto en sus manos —antes— un paquete de cigarrillos corriente. *Alguien le había regalado a Christine esa bella caja de plata.* Él comprendió que en esta ocasión ella no le pediría fuego. La mujer vestida de negro encendió el cigarrillo con una cerilla, sopló la llama y extendió la mano, sin mirar, en busca del cenicero. Entonces Connie dijo: «En seguida vuelvo.» Y se marchó. Christine no se movió, pero él estaba convencido de que ella se sintió de pronto sola y desamparada, como si la compañía de su hija la hubiese resguardado y se encontrase ahora a merced de los vandálicos asaltos de la realidad.

La calefacción en el interior del bar era agobiante. Minelli se aflojó la corbata y se desprendió el cuello de la camisa. Él y Christine —además del camarero que se adormecía sentado en un taburete detrás de la barra— eran las únicas personas que permanecían allí, así que no había manera de fingir dignamente que uno de ellos, o los dos, podían abstraerse por completo de la presencia del otro. Entonces Minelli vio que las lágrimas estaban a punto de saltar de los ojos de Christine. Sin embargo ella hizo un esfuerzo y logró retenerlas. Después miró hacia fuera a través de los cristales oscuros del bar. La pareja de policías uniformados conversaba con cuatro japonesas cerca de la oficina bancaria y un maletero cruzaba la sala de espera guiando un carro cargado de equipaje: maletas, baúles y paquetes.

Minelli recordó las primeras palabras que le había entendido a Connie. Ella había dicho: «Asfa nos está engañando.» Sí: esa había sido textualmente su frase. De modo que estaba claro que Connie se consideraba involucrada en la relación con Asfa y víctima de presuntas mentiras o de un deliberado ocultamiento de la verdad por parte del etíope. En este punto Minelli advirtió que no había reparado lo suficiente en un detalle que sin embargo debía ser ilustrativo. Para hacer aquella afirmación Connie había abandonado la lengua en que hasta ese instante había estado hablando con Christine, el francés, y había continuado en inglés. Sólo una persona bilingüe —pensó él— podía recurrir con naturalidad a estos cambios para enfatizar el sentido de sus palabras, pero en general no lo haría en medio de una discusión si no estuviese segura de que su interlocutor no perdería el hilo de la conversación y de que advertiría, además, que el cambio señalaba algo más que uno de los repentinos caprichos de la ira. Minelli se dijo entonces que desde su punto de vista lo más simple para él era establecer provisoriamente que Connie no había nacido en el mismo país que Christine a pesar de que parecía evidente que compartían la misma lengua materna...

Él terminó su whisky. Estaba cansado y se encontraba de nuevo en un callejón sin salida. Había perdido otra vez de vista la tenue trama donde todas estas ideas dispersas se recomponían con la inobjetable precisión de un puzzle. El cigarrillo de Christine se había consumido entre sus dedos y la ceniza cayó sobre la mesa.

Dooley Wilson cantaba *As Time Goes By*. La noche era el fondo y el espejo de un mar inexorable contra los cristales. El haz de luz surcaba las tinieblas como la quimérica señal de un faro fantasma. Bogart, apoyado en el piano, ya no escuchaba la música. El inmaculado smoking blanco, su impenetrable silencio y la mirada conmovida ante la increíble presencia de Bergman construían la figura de un héroe ingenuo y terrenal que acababa de vislumbrar el último arcano de su destino.

Minelli se sentó lejos del televisor. Poco más allá dos mujeres miraban la película. A simple vista parecían conjuradas por las imágenes, pero en seguida él descubrió que sólo la más joven se abandonaba a los vaivenes de aquella historia de amor o se aferraba con un anhelo incondicional a las dramáticas alternativas que los diversos episodios abrían o cerraban, como si aquel romance y aquellas intrigas formasen parte de ella misma, le perteneciesen, o fuesen incomprensibles para los otros. La mujer *revivía* ese relato que la mortificaba para preservarlo del olvido o de los cambios con que el olvido alteraba o perturbaba la realidad. Los hechos debían sucederse y narrarse tal y como ella los había *encarnado,* tal y como ella los había sufrido, y allí se hallaba ella para dar fe de que esos, y no otros, habían sido los verdaderos entresijos de la historia. La otra mujer, en cambio, la mayor de las dos, no compartía estos sentimientos, no encontraba ni alivio ni consuelo en la evocación o en el reconocimiento que distraían a la más joven, y huía sin querer de las imágenes, quedaba fuera de la historia, y era incapaz de olvidar —aunque sólo fuese por un instante— el dolor y el miedo que la afligían.

«Ella lo ama», dijo la más joven. «Nunca dejó de amarlo. Pero ahora está casada con otro hombre, el francés, que es un jefe de la resistencia y que los alemanes quieren apresar. Ella no puede dejar de luchar por la vida de su marido, eso es lo que pasa, pero sigue profundamente enamorada de Rick.»

Eran hermanas, españolas, probablemente de Madrid o de Toledo, y Minelli habría apostado que llevaban más de treinta años de orfandad y que sus padres también habían sido castellanos, artesanos del acero y republicanos. No hubiese podido explicar de dónde había sacado todas estas infundadas conclusiones de las que estaba convencido, sin embargo, que eran ciertas. Él se sentía exhausto. No lo haría, no conseguiría relajar sus músculos en tensión ni despojarse de nada de lo que sabía, pero deseaba dormir. Echó la cabeza hacia atrás y cerró los ojos. Un débil desvanecimiento se deslizó desde sus párpados hasta su corazón y la angustia retrocedió como un oso salvaje que desaparecía en una caverna. Sus dedos rozaron la navaja que llevaba en el bolsillo. ¿Se atrevería a hundir esa hoja mortal en el cuello del demonio que le carcomía las entrañas?

«Él puede darles los salvoconductos que necesitan para salir de Casablanca... Es muy triste. A pesar del cinismo y de la frialdad con que oculta sus sentimientos Rick está desesperado. Sabe que todo depende de él. El futuro está en sus manos. No es fácil ser generoso cuando ya no queda nada...», dijo la hermana más joven.

Minelli se mordió los labios y comprobó que su dolor era real. Pensó que sería una solución morir de pronto, sentado en esa butaca, empuñando la navaja. Tal vez pasarían varias horas hasta que alguien descubriese que no se trataba simplemente de un viajero dormido. Luego retirarían su cuerpo de allí sin ninguna clase de ceremonias, como una tarea más entre todas las tareas que se realizaban cada día en el aeropuerto. Pensó que él nunca se había complacido pensando en la muerte pero que esa noche hubiera podido aceptarla sin pesar ni desdicha por lo que dejaría inconcluso y sin atormentarse con la convicción de que al día siguiente ya no existiría, no vería salir el sol, no leería los diarios, no sería un extranjero, no tendría ideas, obsesiones o debilidades y entonces, por fin, su búsqueda habría terminado.

Un repentino silencio lo sobresaltó.

¿Había partido ya el avión? ¿Había escuchado Bogart una vez más *As Time Goes By*, bebiendo en la penumbra vacía del bar y entregado a la evidencia de que nadie puede evitar la ejecución personal, infame y solitaria del acto que nos pone frente a las puertas del infierno más temido? Minelli entreabrió los ojos. La mayor de las hermanas españolas lo miraba. Comía queso y pavo frío. Cortaba los trozos con un cuchillo. Masticaba sin cerrar la boca. Las carnes blandas de sus brazos obesos temblaban como la gelatina en cada uno de sus movimientos. No se trataba sólo de una mujer triste y rústica: era uno de los impasibles ángeles de la nada.

«¿Un poco de vino?», le ofreció la mujer mientras levantaba y le hacía ver una botella.

¿Dónde se había metido la hermana menor? ¿Qué pensaría Bogart ahora, enfundado en su gabardina blanca, en medio de la bruma que cubría el aeropuerto, mientras el avión levantaba vuelo?

Minelli se incorporó. Le dolían los riñones y tenía en la garganta el agrio gusto que destilan el tabaco y el alcohol cuando se ha fumado y bebido, sin dormir, durante casi dos días. Se aproximó a la mujer, sin preguntarse por qué aceptaba su invitación, y se sentó junto a ella. Sostuvo el vaso de plástico entre las manos y contempló el reflejo de las luces del techo en un vino turbio y espeso.

«Mañana a la tarde estaremos en España», dijo ella. «Es bueno saberlo. Es bueno saber que allí nos espera la paz.» Minelli se mojó los labios con vino y asintió. La mujer agregó: «Debo llevar a mi hermana de vuelta a casa. Es una promesa que le he hecho. Creí que no podría reunir las

fuerzas necesarias para cumplirla, pero afortuna-
damente ya falta poco.» Minelli probó el vino.
Pensó que era pesado y tibio como la sangre de un
animal. «Mi hermana está enferma», oyó. «Muy
enferma... Lo mejor será que muera en casa.»

Un negro de overall gris barría el suelo de mármol con un escobillón. El largo cepillo había acumulado vasos de cartón, tapas de botellas, papeles, envoltorios, colillas de cigarrillos, ceniza y polvo que se revolvían y se alzaban contra las cerdas azules. El cepillo dejaba a su paso una huella húmeda, restos de Coca-Cola, de café y de cerveza que se derramaban de los vasos y que se volcaban sobre los otros desperdicios creando por fin entre las cerdas un residuo de inmundicias impregnado por aquella mezcla de líquidos borrosos y espuma sucia. Una docena de relojes, en una vitrina publicitaria, señalaban la misma hora. De modo que ya eran las tres y treintaisiete minutos.

El pensó que debía escribir y enviar la segunda tarjeta postal. Había encontrado las palabras adecuadas y se las repetía una y otra vez con el temor de perderlas. Después de escribirlas se sentiría más tranquilo.

Los viajeros que ocupaban la isla de butacas esperaban ahora en reposo y la calma se había asentado en todas las dependencias del recinto de preembarque como la quieta pausa que antecede a un estallido o como el sosiego que recupera un templo después de una tumultuosa celebración. Las tablillas de un indicador electrónico eliminaron los vuelos que acababan de partir, reordenaron el destino y los horarios de los próximos, y el ruido que hicieron al girar se unió al rumor metálico de las máquinas de cigarrillos y de bebidas, a las conversaciones en voz baja, al sonido de los televisores que continuaban encendidos, y se fundió en un único murmullo impersonal y adormecido.

Minelli se dirigía a la tienda donde había comprado la primera tarjeta con la imagen de Perseo cuando reapareció Judith Lem. Ella no pretendió hacerle creer que se trataba de un encuentro casual. Había ido directamente hacia él y no consideraba, sin duda, que esta actitud hiciese necesaria una explicación o requiriese de un preámbulo para volver a caminar a su lado y para seguir conversando. Los unía en todo caso un vínculo innegable —una deuda, un préstamo, o un trueque— y este hecho parecía legitimar para ella la familiaridad de su comportamiento. Judith Lem se había anudado el cinturón de la gabardina y se había colgado la cartera de un hombro. Los faldones de la gabardina se entreabrían a cada uno de sus pasos y dejaban a la vista la *pollera* marrón y las rodillas. Minelli hizo un esfuerzo para habituarse otra vez al eco del taconeo de Judith Lem en los pasillos y al tono grave y pausado de su voz. Era evidente, por otra parte, que ella había retocado su maquillaje acentuando la sombra en los párpados, un delicado rubor en las mejillas y el rojo hiriente con que se pintaba los labios. Él de pronto se sintió excitado, movido por un impulso, y se preguntó si podría disponer a su arbitrio de esa mujer. Se dijo que el propósito fundamental de Judith Lem era obtener dinero pero le resultaba inexplicable que lo hubiese elegido a él con este fin. Ella no era una mujer vulgar. Ni su ropa, ni sus gestos ni su forma de hablar indicaban eso. Sin embargo lo había abordado, en las dos ocasiones, con la serenidad y el espíritu de quien está seguro de que no se ha equivocado de presa. Estas ideas desmontaron la compostura que él había recuperado y admitió que la situación se le escapaba incomprensiblemente de las manos. Entonces ella dijo: «Hace un rato llegó un avión de Buenos Aires.» Minelli vibró. Intentó que su respuesta no demostrase ninguna emoción y apeló a una expresión formal: «Sí. Oí el anuncio por los altavoces.» Ella se puso un cigarrillo en uno de los costados de la boca y se detuvo para que él le diese fuego. El roce de sus dedos sobre la piel fue suave y breve pero ahora él no contaba con la entereza que obtenía de su propia indiferencia. Judith Lem sacudió la melena en un movimiento tan enérgico como fugaz. Repetía sus ademanes con la elocuencia y la eficacia de un estilo. Alzó la mirada y esbozó los débiles trazos de una sonrisa. En ese momento no había nada genuino ni convincente en ella. Sin embargo tampoco había rasgos falsos. Dijo: «Creo que ya nunca volveré.» Él se sintió obligado a preguntarle: «¿Por qué no?» Judith Lem respondió: «Porque Buenos Aires no existe.»

La tienda quedó atrás. Minelli no se había decidido a comprar la tarjeta en compañía de ella —pero más tarde se resignaría a hacerlo— y había continuado caminando por el pasillo. El bolso le pesaba y la calefacción lo había hecho sudar. Se secó el cuello y la frente con un pañuelo. Judith Lem dijo: «A veces pienso, también, que es demasiado tarde. Me fui a los veintitrés años. Ahora tengo treintaidós. Las ilusiones envejecen y se pudren. En 1981 conocí a Jack en París. Era periodista y quería dirigir una película. Tenía una idea y estaba escribiendo el guión. Me enamoré de Jack. Él no me amaba, pero era inteligente, tierno, y estaba solo... Fue una inútil historia de amor como cualquier otra... Jack se suicidó en 1983. Espero que no tenga el mal gusto de decirme que lo siente mucho.» Sostuvo el cigarrillo entre los labios, con los párpados entornados, se quitó la gabardina y se levantó las mangas de la blusa hasta los codos. «La idea de Jack no era mala. Estoy segura de que si hubiera podido hacer su película tal como la contaba hubiese recuperado el dinero... Quizás hubiese ganado un premio... Quizás le hubiesen dado un crédito para que siguiera filmando, o hubiese conseguido un productor... O quizás no hubiese sucedido nada de eso, pero en todo caso pienso que su vida habría cambiado... aunque yo sé que esto no tiene nada que ver con la muerte de Jack.» Se pasó un par de veces los dedos entre el pelo, echándolo hacia atrás, y en las dos ocasiones el flequillo le volvió a caer sobre la frente.

«Me quedé en su casa. Nadie me dijo que me fuese de allí. Un día, dos o tres meses después, apareció su hermano. Era mayor que Jack, más simpático y menos sincero. Quería recuperar una máquina de fotos que nos había prestado cuando fuimos a Italia. Se sentó en un sillón de la sala y me preguntó: "¿Te acuerdas de esa cámara, verdad?" "Sí, claro", le dije. Había salido el sol por primera vez en ese maldito invierno y la luz parecía real. Le serví un café. Paul me contó que su mujer lo había abandonado y que él había decidido hacer un viaje a la India. "No me preguntes por qué se fue", me dijo. "No lo sé. Sinceramente no lo sé, y lo más curioso es que no me interesa." Paul se manchó la camisa con café. Era una camisa verde musgo y en aquella luz parecía la piel de un lagarto. Traté de limpiarle las manchas y Paul me acarició. Así que fui a buscar su máquina. Él me preguntó: "¿Tienes dinero?" Le contesté que sí, que no necesitaba nada, y Paul sonrió como un amigo. Vi en sus ojos la mirada de Jack, una expresión que le cambiaba la cara si de pronto se sentía feliz... Le di las gracias. Fue todo lo que pude hacer por él... Me quedé dormida y me desperté a la tarde. Tenía remordimientos y hambre. Bajé a la calle. Comí en una brasserie y tomé muchísima cerveza. Después caminé por los Jardines y más tarde, a la caída del sol, fumé hachís con un grupo de chicos holandeses en la place de la Contrescarpe. Conocí a Johann y él me llevó al apartamento que compartía con una pareja de estudiantes. A Johann le había tocado en el reparto un altillo insignificante. Me torcí un tobillo al subir por una escalerita de hierro muy empinada. En el altillo había mugre y olor a sentina. Encontré tres o cuatro latas de cerveza en un rincón y seguí tomando. Él estaba muy *colocado* y yo terminé de emborracharme. Me dejé manosear. Supongo que deseaba sentirme procaz y maltratada, pero la violencia de Johann se desmoronó junto con su fogosidad... Regresé a la casa de Jack, por la rue de l'Estrapade. Hacía frío y había comenzado a llover nuevamente. París a veces es como el vientre de una cloaca o como el fondo del»

El pecho de Perseo está cruzado por una correa, desde el hombro derecho —donde Minelli ha creído ver ahora una hebilla de hierro que no había observado antes— hasta el flanco izquierdo. El hijo de Zeus está desnudo, tal vez porque su casco debía hacerlo invisible, y para Cellini era un joven bello y atlético. Empuña su espada y no una hoz, aun cuando la punta de la espada evoque la forma de una doble hoz, y exhibe en alto la cabeza de Medusa. Los brazos de Perseo —ha pensado Minelli— son gruesos y es probable que las proporciones de su cuerpo, en la escultura, no se ajusten a la idea de un héroe real y de elevada estatura. El largo pelo en ondas y sujeto por el casco enmarca la hermosura de los rasgos clásicos. Los ojos de Medusa están cerrados y los labios apenas entreabiertos. La visión de la muerte ha dibujado en su rostro la sombra de la congoja y del miedo. La espada —en la tarjeta postal que era igual a la primera que él había enviado— oculta *oportunamente* el sexo del héroe, pero Minelli ha creído recordar con exactitud un corto y delgado pene sobre la bolsa de los testículos. La foto de la tarjeta, a pesar de todo, tenía la virtud de revelar ciertos detalles que era imposible apreciar contemplando la obra desde el plano de la plaza o incluso desde el interior de la Loggia. En la correa, por ejemplo, hay una inscripción. La escasa calidad de la copia no le ha permitido descifrarla con certeza pero era posible que se tratase de un nombre escrito en latín —BENBENVTVS—, y en tal caso no podía tratarse de otra cosa que de la firma de Cellini. Las sandalias mágicas de Perseo no son en esta representación más que *tientos* que fijan en los tobillos las *taloneras* de donde nacen las pequeñas alas. Ni el escudo de bronce que se cuenta que el héroe utilizó como un espejo para protegerse de la mirada petrificante de Medusa, ni el *zurrón* que le habían dado las Ninfas para poner en él la temible cabeza, están a la vista. Sin embargo Minelli ha podido reconstruir la posición circular en que yace Medusa, ese raro despojo desnudo sobre los pliegues de un lienzo. El cuerpo se retuerce de modo que un brazo cuelga fuera del pedestal que sostiene al conjunto, un muslo recogido se encima en el otro, mientras ella se aferra con la mano izquierda, cerrando el círculo, la pierna derecha. Perseo descarga todo su peso en un sólo pie, junto al flanco izquierdo de Medusa, y parece conservar el equilibrio apoyando el otro en el vientre de la única Gorgona mortal.

Así que en el reverso de esta imagen Minelli escribió:

Ma, è vero un
fantasma perfetto?

Firmó la tarjeta sólo con su nombre y fue hacia la cola de personas que aguardaban frente a la ventanilla de la estafeta postal para franquear y despachar su *correspondencia*. Judith Lem lo esperaba allí. Él le había propuesto que lo hiciera para «ganar tiempo», pero en verdad lo que había deseado había sido quitársela de encima en el momento de escribir. Minelli buscó en su bolso la segunda petaca de whisky y se la ofreció. Los dos bebieron. Él advirtió que un hilo de licor se deslizaba por la barbilla de la mujer y ella descubrió su mirada. Apretó ligeramente los labios como si estuviese reteniendo el trago en la boca o como si quisiese evitar una sonrisa. Minelli entonces alzó una mano y le secó la piel con los dedos. Judith Lem dijo: «Gracias. Estuvimos de vacaciones en Italia en el verano de 1981. Creo que fue durante ese viaje cuando a Jack se le ocurrió la idea de su película. Estábamos en Venecia. Teníamos que encontrarnos con unos amigos para comer juntos. Hacía mucho calor y yo hubiese preferido ir a la playa, pero Jack había arreglado ya todo con Michèle y no había manera de comunicarse con ella ni con Vittorio, su marido. Recuerdo que me puse de malhumor. Me enojé con Jack y discutimos. "No veo por qué tenemos que comprometernos con esta clase de planes", le dije, "No me interesa conocer a tu amiguita." "Michèle no es una *amiguita*", me dijo Jack. "De todas maneras no tienes ninguna obligación de conocerla. Puedes ir al Lido, como es lógico, y reunirte con nosotros a la tarde." No fueron sus palabras pero eso fue más o menos lo que me propuso. Me sentí mucho más ofendida, por supuesto. "Ni lo sueñes", le contesté. "No pienso darte ese gusto." Jack, sin embargo, no tenía intenciones ni ganas de pelear. Me dijo: "No sé de qué gusto me hablas, pero haz lo que se te antoje." De modo que fuimos a comer con Michèle y con Vittorio... Debo reconocer que eran encantadores... Debo reconocer que *ella,* particularmente, me pareció encantadora... Bien, la cuestión es que creo que fue ese encuentro lo que le inspiró a Jack la idea de su película. No me lo contó en seguida sino seis o siete meses después, en París, al final del invierno siguiente. Vino a buscarme una noche. Yo me había marchado de su casa diez días antes. Estaba decidida a terminar con»

Minelli le entregó su tarjeta al mismo hombre que lo había atendido en la ocasión anterior. El empleado de la estafeta postal levantó la cabeza. Sus ojos parecían pintados en el centro de los espesos cristales de las gafas. Tenía una nariz redonda, un par de orejas prominentes y la resuelta expresión de un idiota. No era posible —pensó Minelli— que después de tantas horas de trabajo ese hombre hubiese establecido una relación entre sus dos tarjetas postales y con quien las enviaba. Pero este tipo de rutinas —se dijo— solían desarrollar curiosas formas de memoria y de reconocimiento de las innumerables personas que desfilaban en una sola jornada laboral ante un mismo sujeto. De modo que Minelli quedó convencido de que el otro ya no olvidaría su aspecto, al menos durante varias horas, y con más razón después de que él se vio en la obligación de pagarle el mínimo importe del envío con un billete de cinco dólares, puesto que no le quedaban monedas y no quiso pedírselas a Judith Lem. Esperó entonces el cambio con evidente inquietud y se aseguró, por último, que el empleado depositara la tarjeta en el buzón señalado con la palabra *Europe* que se hallaba a sus espaldas. Luego se retiró de la estafeta y Judith Lem lo siguió.

«¿Podríamos sentarnos?», le propuso ella. «Necesito descansar un rato.» Había cuatro butacas vacías en la isla. Minelli se dijo que debía aceptar la invitación. Sería una buena oportunidad, además, para librarse de ella. Le pediría, por ejemplo: «Espéreme un minuto. Tengo algo que hacer. Volveré pronto.» Y se esfumaría.

«Es ridículo», dijo Judith Lem mientras cruzaba las piernas y se arreglaba la falda sobre los muslos. Él se llevó la botella a los labios y volvió a beber. La butaca le resultaba sumamente cómoda y si hubiera estado solo tal vez hubiera podido dormitar durante quince o veinte minutos. «El tiempo pasa y un día comprendemos que no hemos conocido verdaderamente a nadie... Mejor dicho: que apenas hemos tenido el valor de intentar conocer en serio sólo a dos o tres personas, y que eso nos ha llevado toda una vida. Los resultados de semejante esfuerzo, para colmo, no parecen justificarlo. La gente habla con demasiada soltura de la soledad. A veces pienso que es como si nadie se sintiese culpable de su propia soledad... No hay motivos, por otro lado, para que sea de otra forma. Se dice que la energía, el amor y el sacrificio que exige la amistad se pierden cuando se pierde la juventud.» Contempló sus uñas, se mordió la piel de un dedo y agregó: «Cuando se pierde la inocencia... Cuando se pierde la virginidad.» Minelli, turbado, asintió en silencio. Abrió el periódico con temor. Intentó que sus gestos tuviesen para Judith Lem la apariencia de la normalidad, que ella comprendiese que no se trataba de un acto de desinterés o de una ofensa. Muchas personas —pensó— sostenían una conversación sin estar absolutamente pendientes el uno del otro: era un puro ejercicio, una composición, los engarces de un / Pero entonces ella dijo: «Sí, es increíblemente ridículo.»

Deng Xiaoping anuncia la reducción del Ejército chino en un millón de hombres

Connie se había cambiado el sweater rosa por una camisa de color jade. Pasó frente a él sin mirarlo, como si fuese un viajero más entre tantos otros —y en rigor lo era— o como si jamás lo hubiese visto antes, pero Minelli desechó de inmediato esta última idea cuya inverosimilitud le pareció muy clara. Ella llevaba los tres botones superiores de la camisa desprendidos, así que él pudo contemplar en aquel escote intencional la temible blancura de un cuerpo que no había alcanzado aún ni su perfección ni sus límites pero que ya se exponía con precoz deleite de sí mismo. Ella llevaba los pulgares colgando de las

presillas delanteras de los jeans muy estrechos...
Su pelo suelto flameaba en el aire como a través
de una ola de viento tibio... No era en ese momento la hija de la mujer vestida de negro ni era
la hija de nadie: era una figura nueva, sin historia, que surcaba la realidad, o que encarnaba la
realidad, con el esplendor de las alucinaciones.

Judith Lem dijo: «Jack había conocido a
Michèle en París, claro, once o doce años antes.
Ella también era periodista y habían trabajado
juntos en la redacción de un diario. Siempre su-
puse que hubo algo más entre ellos, pero Jack no
hablaba de sus romances pasados. Cuando yo la
conocí Michèle vivía con Vittorio en Venecia
desde hacía dos años, tal vez un poco más... No
lo sé... Si pienso, si hago memoria... No. Tampoco es eso. Yo creo que no quiero volver a Buenos
Aires porque»

Connie se reunió en uno de los pasillos con
un hombre. Minelli, incrédulo, encendió un cigarrillo sin darse cuenta. Primero imaginó que se
trataba de un encuentro absolutamente fortuito.
En seguida debió reconocer que se había equivocado. Connie depositó varias monedas en una máquina y sacó una lata de cerveza. No pudo abrirla,
y tal vez se lastimó al intentarlo porque se lamió
un dedo mientras el hombre lo hacía. Después él
recuperó su propia lata, apoyó el brazo izquierdo
sobre la máquina y bebió. La chica, frente al hombre, parecía increparlo en voz baja, severa, inter-
minablemente. El hombre, con la cabeza gacha,
se miraba los zapatos. De vez en cuando encogía

los hombros y sacudía la mano derecha como rechazando algo de lo que oía. La lata de cerveza brillaba entonces con reflejos dorados.

Los dos agentes de policía reaparecieron en un corredor y repitieron la ronda por la sala. La Japan Air Lines anunció por los altavoces la partida de su vuelo número 431 con destino a Tokio. Minelli sabía —o pensaba que sabía— dónde se encontraba Asfa, pero se preguntó qué había sido de Christine. No miró la hora. Sin embargo más tarde, cuando Bellotti lo interrogase, se vería en la obligación de responder o en la necesidad de recordar que estos hechos habían tenido lugar, aproximadamente, a las cuatro menos diez.

Connie había callado. Minelli hubiera jurado que estaba más encolerizada que al comienzo de su recriminación. Ella se llevó la lata a la boca y luego se secó los labios con un ademán brusco. Sus ojos fulguraban. El hombre había rehuido esa mirada y no se decidió a encararla en este momento. De modo que la chica lo insultó. Él inclinó más la cabeza. Minelli pensó que aquel desgraciado era digno de compasión. Sin embargo el vínculo que unía a Connie con el hombre gordo que había sido golpeado en un baño se le presentaba como un perfecto misterio.

Judith Lem se había puesto en pie. Minelli no podría afirmar después que ella lo incitó a seguirla. Él lo hizo simplemente porque creyó que en aquel momento no tenía alternativa. Pero ¿qué hubiese pasado si en cambio Minelli se hubiese quedado en su sitio mientras ella se alejaba? Tal vez no la hubiese vuelto a ver. Judith Lem habría desaparecido y él no sabría —por ejemplo al día siguiente, cuando saliese el sol y los episodios de la noche se diluyesen en la luz y el aire libre— si había existido o no. Quizás le habría quedado el testimonio de una medalla de oro, pero estas pruebas perdían su valor inicial con el transcurso del tiempo. Sin embargo también hubiese sido posible que Judith Lem, al comprobar que él no la seguía, hubiese cambiado de actitud. *Ella siempre tuvo un plan.* Tres horas más tarde a Minelli no le cabrían dudas sobre este punto y estaría por fin convencido de que Judith Lem habría revocado sus decisiones cuantas veces hubiesen sido necesarias para poder cumplir uno a uno los pasos de ese plan.

De modo que regresaron a lo largo de los pasillos laterales a los salones alfombrados y en penumbras del restaurante y llegaron a las cabi-

nas telefónicas. Ese recodo del último corredor
había sido abandonado por los jugadores. Las tres
cabinas, ahora, estaban ocupadas y frente a ellas
esperaban su turno, además, otras dos mujeres.

Judith Lem dijo: «Una noche, en un típico bar de Saint-Denis... más concretamente, si
no me equivoco, en la rue de la Ferronnerie, conocimos a Sophie. A Jack le encantaba emborra-
charse de vez en cuando en ese tugurio lleno de
putas y de alemanes. Queda cerca de casa. Salía-
mos a caminar, cruzábamos el Pont Neuf y ter-
minábamos allí. Esa noche, en el otoño de 1982,
conocimos a Sophie. Le pagamos una copa y nos
contó que tenía diecinueve años, que había nacido en Lyon, que había llegado a París sin un cen-
tavo, y nos dijo que podríamos pasar la noche
con ella por sólo cuatrocientos francos. A Jack le
causó gracia la idea... Supongo que a mí jamás se
me hubiera ocurrido aceptarla, pero él se entu-
siasmó... Sophie era... No sé cómo explicarlo.
Sophie era vulgar y agresiva... Se sentó entre nosotros en el silloncito de un reservado y comenzó
a juguetear. Entonces le pedí a Jack que me hiciera el gran favor de echar inmediatamente de
allí a esa putita de morondanga. Él no había querido molestarme. Pienso que hasta ese momento
sólo se había propuesto pasar el rato y comprobar
hasta dónde era capaz de llegar Sophie... Entonces ella me miró. No se había ofendido. Estábamos apretujados y su cara quedó muy cerca de la
mía. Vi que era hermosa y comprendí que de
pronto ella había sentido miedo. De todas ma-

neras retiró los brazos del cuello de Jack, se movió en el sillón y el roce de nuestros muslos me ardió. Pensé que debía levantarme de la mesa, pero Sophie se me acercó más y me besó... No sé, creo que no tuve el coraje de evitarlo. Primero sentí sus labios contra mi boca, después una mano encerrándome un pecho, y en seguida el avance de su lengua. Era impetuosa y yo cedí. Ella me aferraba y me acariciaba el pecho con una fuerza y al mismo tiempo con una ternura increíbles. Así que me la imaginé desnuda, en el dormitorio de Jack, cumpliendo nuestras órdenes... Sí: me imaginé a mí misma, de repente, dándole órdenes. Sophie era morena, alta, primitiva: una hembra demasiado joven y brusca, pero tenía un cuerpo envidiable y haría lo que le pidiésemos sin chistar... Todo esto me bullía en la cabeza atropelladamente mientras ella me besaba... Reconozco que lo que más me excitaba era pensar en lo que yo podría hacerle cuando ella estuviese ocupada con Jack y en lo que Jack le haría cuando Sophie se ocupase de mí. Así que yo también la besé, sin dejar de mirarla, de contemplar los arcos de sus cejas mal depiladas, los hombros desnudos donde el fino bretel del vestido negro le hendía la piel... Le clavé los dedos en la cara y la obligué a que me entregara la boca... Hay putas a las que les da asco que las besen en serio... Recuerdo cómo le hundí con furia las uñas en un brazo y cómo gimió Sophie... Vi una arruga de dolor en su frente y la rabia en sus ojos. Se irguió en el silloncito sin separarse de mí, atrapó mi otro pecho y lo retorció y me mordió en el cuello y volvió a besarme mientras resoplaba y jadeaba como un perro que ha atrapado entre sus dientes a un jabalí... La decisión, claro, ya estaba tomada. Sophie nos había descubierto y se quedaría con los cuatrocientos francos que pretendía, pero el trabajo que la esperaba no era fácil y no se hacía en media hora. Esas fantasías me erizaban. Yo ya era otra mujer. Sophie había conseguido ponerse de rodillas en el silloncito y de golpe sus labios se revolvieron entre los míos, ella sollozó y la espalda se le encorvó como el lomo de una gata y en seguida se quebró y volvió a encorvarse y yo vi que Jack le había metido una mano entre las piernas, debajo de la falda, y que...»

Judith Lem entró en una cabina que había quedado libre. Levantó el auricular y lo sostuvo encogiendo un hombro mientras buscaba monedas en su cartera. Discó once números. Esperó que atendiesen la llamada mirándose las uñas. Después dijo: «Sí, soy yo. ¿Cómo estás?» Alzó los ojos y observó a Minelli, en el pasillo, inmóvil y pálido. Le hizo una seña para que entrara en la cabina. Entonces cerró la puerta y le guiñó un ojo. La luz en el interior era débil y no había espacio suficiente para dos personas. De modo que Minelli intentó acomodarse en un ángulo y apoyó la espalda contra la pared de madera. «Cuéntamelo todo, quiero conocer los detalles», dijo Judith Lem. Cubrió el micrófono y le susurró: «Es ella.» Dejó la gabardina y la cartera sobre la bandeja que había debajo del teléfono, abatió el asiento sujeto a la puerta, encendió un cigarrillo y se sentó. Cruzó una pierna, se tomó el tobillo con una mano y tocó con la rodilla elevada un muslo de Minelli. Guardó silencio y escuchó. Dos o tres minutos después dijo: «De acuerdo. Escúchame... Sí, sí... ¿No lo entiendes? Me ocuparé de eso mañana.» Sacudió la cabeza, contrariada, y se puso en pie. «De ninguna manera. Lo que sucede es que estoy con un amigo y no quiero ahora... No, no lo he olvidado. Claro que no.» Sostuvo el auricular con el hombro, el cigarrillo entre los labios, y se bajó el slip. Era un slip translúcido de color negro. Entonces Judith Lem arrinconó a Minelli. Él oyó la voz que sonaba en el auricular. ¿Existía verdaderamente Sophie? El humo del cigarrillo los envolvía como una niebla. Ella le abrió los pantalones y le sacó afuera el sexo. Le acarició los testículos y se frotó el bajovientre con el pene. «Te he dicho mil veces que no me gustan esas preguntas. Es un amigo. Quiero que hables con él, ¿me entiendes?» ¿Soñaba? Minelli se preguntó si estaba vivo. La lengua de Judith Lem reptaba como una serpiente en sus orejas. Pensó que debía tocarla pero no quiso hacerlo: no deseaba actuar sino entregarse a la voluntad o a los planes de esa mujer desbordante y opulenta. «Es Sophie», dijo ella y le dio el auricular. Volvió a sentarse, se separó los muslos con las manos y desplegó ante los ojos de Minelli la visión de su intenso sexo de mujer.

Él oyó: «¿Qué te está haciendo ella? Dímelo. Sé que te ha llevado a la cabina para eso.» Él deslizó el auricular hasta el pecho y ahogó la voz en el paño del saco. Miró a través del ojo de buey. Una mujer esperaba en el pasillo. Era una mujer robusta, de baja estatura y rasgos duros. Una campesina polaca, pensó, una judía sobreviviente de Varsovia, una madre de nueve hijos obreros, una mujer de mármol, una espía, una viuda, un alma sin consuelo... *Esa mujer debía convencerse de que él estaba hablando por teléfono.* Desde el pasillo, seguramente, ella no podía ver a Judith Lem sentada en el interior de la cabina. Así que levantó de nuevo el auricular y oyó: «Dímelo, te lo ruego.» Judith Lem le meneaba el pene y le dijo: «Confíe en mí.» Entonces él dejó el bolso en el suelo y trató de ocultarse de la mirada de la mujer de mármol que lo acechaba desde el pasillo. «¿Me oyes? No te mortifiques con preguntas inútiles. Disfrútalo. No hay muchas mujeres que sepan hacerlo como lo hace ella. Créeme que vale la pena...» La voz fue interrumpida por la risa. «Y nunca mejor dicho. ¡Desde luego que vale la pena! ¿Sabes?, cuando ella me mete la lengua pienso que es la última vez porque siento que puedo llegar a morirme de puro goce. ¿Me oyes? Dime que me oyes.» Judith Lem encendió otro cigarrillo con la colilla del anterior. Dijo: «Un poco de whisky me vendría muy bien.» De modo que él se agachó en la cabina y tuvo que recoger el bolso haciéndolo pasar entre las piernas de Judith Lem. El cable del teléfono se enredó en la manivela de la puerta y al incorporarse él se golpeó la espalda contra la caja del aparato. Ella bebió. Después recuperó el auricular y dijo: «Sophie, ¿le hablas? ¿Seguro? ¿Qué le dices? Quiero saberlo... Sí, sí... No me mientas... ¿Qué?... Eso está bien. No. ¿Cómo se te puede ocurrir que no he pensado en ti?» Extendió otra vez las piernas, sonriendo, se introdujo dos dedos en el sexo y se acarició los pechos por debajo de la blusa blanca. «Mañana te lo contaré. No... Ahora no. Sigue hablándole.» Minelli recibió el auricular mientras Judith Lem inclinaba la cabeza y le sorbía el pene. Miró por el ojo de buey. La mujer permanecía allí. «¿Me oyes? Haz un esfuerzo. No te abandones. Cuanto más tiempo resistas ella podrá hacértelo tanto mejor... No trates de dominar la situación, eso no sirve para nada. No termines cuando se te antoje o cuando te parezca que ya no puedes más. No te desesperes. ¿Me oyes? Ella sabe mucho. A veces pienso que sabe demasiado y me da miedo. Es natural, pero no estás en peligro. Relájate. Piensa en otra cosa. Cuéntame algo. Dime lo que quieras. Insúltame. Yo sé que es maravilloso. Tócale los pechos. Si lo haces bien, si se los aprietas bien, ella podrá dejar de hacerlo y le quedará una mano libre. La conozco tanto... Esa mano ahora es fundamental para ti. La necesitas, ¿comprendes? Será delicioso, no lo dudes...»

Judith Lem le lamía el miembro de un extremo a otro, con la punta de la lengua y con toda la lengua, se llenaba la boca con él, lo ceñía con los labios y lo hacía entrar a través de ese firme y tierno anillo, volvía a lamérselo y /

«¿Estás ahí, verdad? No la interrumpas. No desprecies su trabajo. Es una obra de arte. No sufras. Quítate de la cabeza esa escena ridícula. Ella no te abandonará. Recibirá con gusto todo lo que tengas para expulsar por fin en su boca y no lo escupirá asqueada en el rincón o en un pañuelo. ¿Entiendes? Se lo tragará, como debe ser, como todos los hombres quieren que sea, y en ese mismo momento quedará satisfecha y extasiada. No temas, tú habrás cumplido con ella, y no pretenderá por eso que la beses después en esa misma boca porque debes saber que no te está haciendo un favor. Pero resiste. No lo eches todo a perder... Es sólo un instante más, claro que sí, muy bien, ¿sabes?, te tengo mucha envidia, sí, tal como lo oyes, sé que ella se está esmerando contigo y sé que tu conseguirás enardecerla, esto no es frecuente, ¿comprendes?, esto no sucede todos los días. No podrás olvidarla. Ella no te ama, por supuesto. Ella no hace lo que está haciendo por amor. Lo hace porque sí. Es su obligación. Es un acto sublime. Tú mismo en este momento eres sublime para ella. Lo sé, claro que sí. Ahora. Puedo verlo. Su cabeza sube y baja, sube y baja desesperadamente, sí, mientras se pajea y te exprime los huevos, ahora, con un frenesí que no conocías y que todavía no conoces porque estás allí pero no has terminado y empiezas a desear por primera vez en tu vida que este suplicio no acabe nunca, ahora, ella gime y resopla como un búfalo, a mí me encantan los grandes animales, dime algo, dime la verdad, dime que te estás volviendo loco, lo sé, ahora, dímelo, confiésamelo, te envidio tanto, mi nombre es Sophie, sí, ahora es cuando tú sabrás quién eres, yo nací en Lyon el 2 de febrero de 1963, haz lo que quieras ahora, ya no eres tú, ya estás enteramente en sus manos, tu destino le pertenece, ella no es sólo una mujer, ahora lo entiendes, ella es el demonio, ahora, la luz se desencadena en estallidos, eres magnífico, lo sé, y te odio, tengo celos de ti, mi nombre es Sophie Fournier, nací en el segundo decanato de Acuario, lejos, muy lejos de aquí, oh, no puedo creerlo, yo..., ahora..., oh sí, claro que sí, yo sí, ahora, ahora sí... ¡Ahora!»

La mujer de mármol había desaparecido del pasillo.

No existía ninguna razón para suponer que cuando saliesen de la cabina telefónica —después de haber reposado en silencio unos minutos— no se encontrarían con las mismas cosas que habían dejado atrás al entrar.

Minelli contemplaba la luz en el techo: un globo de cristal. Un sol frío. Una piedra lunar.

Judith Lem apagó el cigarrillo en el suelo y abrió la cartera. Se miró en el espejo de una polvera. Se pintó los labios. Él se sentó y bebió un sorbo de whisky. Ella recogió el auricular y lo colgó en la horquilla de metal niquelado. Después le pasó una mano por el pelo y sonrió. «Son cincuenta dólares», dijo.

El baño era un desierto de azulejos relucientes y luces blancas. La música funcional y la calefacción acentuaban la idea de un espacio *desocupado,* impersonal, y previsto sólo para un breve tránsito. Minelli depositó su bolso en la mesada de los lavabos y se miró en el espejo. Estaba demacrado. El cansancio le marcaba el cuerpo y tenía el aspecto de un hombre perdido o de un enfermo. Se quitó el saco y la corbata, se arremangó la camisa, le plegó el cuello hacia adentro y se mojó la cara. Alzó la barbilla y se pasó una mano por la piel. Contempló con pesar su pelo escaso y revuelto. Deseaba ducharse, poner la cabeza bajo la lluvia y sentir cómo caía incesantemente el agua caliente a lo largo de su cuerpo. Sí: una buena ducha lo hubiese ayudado a reponerse, pero lo único que podía hacer ahora era echarse agua en el rostro, lavarse las manos con el gel azul y neutro de aquel baño y cepillarse los dientes. Se estiró los faldones de la camisa dentro de los pantalones, se frotó la base de la nuca y las sienes con *eau de toilette* y se peinó. Volvió a mirarse en el espejo. No había mejorado mucho, pero se sentía un poco más alegre. Ordenó las cosas que llevaba en el bolso y abrió el paquete que había sacado de la máquina varias horas antes: un trozo de jabón duro, papel higiénico áspero y grueso, y un *preservativo.* Una provisión —o una prevención— militar, pensó. Basura. Los dejó a un costado del lavabo, mientras se revisaba los bolsillos, con la idea de deshacerse de todo lo que no tenía sentido que continuase guardando.

Entonces vio una mancha en el fondo del pasillo. Contuvo la respiración y se acercó. Era una mancha oscura y borrosa, quizás la huella de una pisada o de un par de pisadas frente a la puerta entreabierta de un compartimiento. Minelli se paró a mitad de camino. La intuición lo había golpeado como un mazazo en la frente y su pulso había saltado. *Eso era sangre.* Pensó que debía salir inmediatamente de aquel maldito baño pero continuó avanzando. Una fuerza ingobernable, un miedo compulsivo, lo impulsaban. No respiraba con normalidad. Soltaba el aire en un soplo, se llenaba otra vez los pulmones y lo retenía hasta creer que estaba a punto de estallar y que sus órganos se derramarían a través de la carne: de los músculos rasgados y de las costillas rotas. Empujó la puerta del compartimiento. Vio el cuerpo de un hombre arrodillado con la cabeza y los brazos metidos en el retrete. Se le había salido un zapato. Tenía la media manchada con su propia sangre. A su lado, en el suelo, había un pañuelo, una billetera, un puñado de papeles y una tarjeta de crédito.

Minelli no tenía dudas.

Era el hombre gordo.

Era el hombre gordo con su traje gris.

Era el hombre gordo con su traje gris y con su mugrienta camisa amarilla.

Era el hombre a quien él había visto por primera vez cuando otro hombre, un hombre negro, lo golpeaba en ese mismo baño. Era el hombre que había encarnado el pánico cuando había perdido cincuenta dólares apostando contra Asfa, el etíope. Era el hombre que había escuchado con la cabeza gacha y sin replicar las recriminaciones que le había hecho Connie, la hija de Christine.

Minelli retrocedió. Después de haber empujado la puerta del compartimiento y de haber visto al hombre gordo con la cabeza dentro del retrete comprendió que el estupor había vaciado sus pensamientos. No se sintió asqueado ni se le estrujó el estómago. Se olvidó de su cansancio, del olor del baño y de su respiración. No perdió la conciencia, pero tampoco se afligió por él mismo y por sus actos. Un empecinamiento irreflexivo parecía partir de su cerebro paralizado como una línea recta, como una orden de hielo que le atravesaba el cuerpo para ayudarlo a salir de allí y para indicarle todos y cada uno de los pasos que él debía seguir a continuación.

De modo que se encontró de pronto fuera del baño y se movió en medio de la masa de aire recalentado y de viscosos rumores que dominaba la sala de espera central. Sus gestos y su conducta pretendían ser intrascendentes o adecuarse al comportamiento absolutamente vulgar y previsible de un viajero que no tenía por qué ser visto con otros ojos que no fuesen los mismos con que se miraba a los demás. Los signos fatales podían hacerse pasar a veces por pruebas de ignorancia.

Se sentó en un taburete del bar donde había presenciado la discusión entre Asfa y la mujer vestida de negro. Pidió un café doble, express, y una botella de agua mineral. Tomó un par de aspirinas y desplegó el periódico. Pensó en Judith Lem. Ella estaría jugándose a los dados su dinero. El tiempo de una noche no era suficiente en ese recinto para que el olvido borrase de la memoria las primeras impresiones. Leyó:

Deng Xiaoping anuncia la reducción del Ejército chino en un millón de hombres

Tomó el café mientras fumaba un cigarrillo, acodado en la barra en U del bar, sin pensar en nada más, releyendo una y otra vez las dos líneas del título de aquella noticia.

Poco más tarde volvió a caminar por los pasillos laterales de la zona de preembarque del aeropuerto. Sentía en todo el cuerpo —no hubiese podido decirlo de otro modo— la fatiga y el peso de la eternidad.

Entonces descubrió una cabina automática de fotografía. No había nadie allí. Un cartel, junto a la puerta de ingreso, enumeraba las instrucciones y el precio.

Minelli entró en la cabina. Se sentó en el banco metálico de tres patas y se vio en otro espejo. Comprobó que su imagen no coincidía con la cara dibujada con líneas de puntos rojos sobre

el espejo y que indicaba la posición y la altura
correctas para ser fotografiado. Hizo girar el
asiento del banco. Ahora su rostro quedó por encima de la cara del espejo. Se apoyó en el respaldo y deslizó el cuerpo hacia abajo hasta que sus
ojos coincidieron casi exactamente con los otros.
Luego extendió un brazo y depositó las monedas
en la ranura...

    Esperó.

    El flash, en seguida, lo enceguució.

    Buscó en los bolsillos y encontró un puña-
do de monedas. No quiso saber cuánto sumaban.
Decidió gastarlas todas en esa máquina. Deseaba
ver claramente cómo se lo veía en esa ciega noche
sin sentido.

III. La última escena

Debo hacer una corrección: el recuerdo funda-
mental no es el recuerdo del vacío.

MAX FRISCH

Las hermanas españolas habían desaparecido. Un hombre y una mujer miraban en el televisor la exploración submarina de un barco hundido.
Uno de los buzos se deslizaba entre vigas de madera y cajas de hierro. De las botellas de oxígeno, en
su espalda, se desprendía una columna de burbu-
jas. Frente a la cámara desfilaba un cardumen de
peces blancos, azules y rojos. Las aletas del buzo se
ondulaban en un intenso resplandor amarillo. De
pronto el buzo comenzó a escarbar con un cuchillo
entre moluscos, musgo, coralinas, crustáceos y otras
incrustaciones. Extrajo por fin un objeto y lo exhi-
bió. Era un objeto irreconocible: una esfera de
bronce o un instrumento de navegación.

Christine, en el otro extremo de la sala,
leía un libro. Parecía absorta en este acto. Connie
dormía. Se había puesto de costado. Las piernas
encogidas ocupaban la butaca contigua y la cabeza descansaba en el regazo de la mujer vestida
de negro. Tenía los brazos cruzados, las manos en
los hombros y el rostro hundido en el vientre de
Christine. Dormía profundamente y el sueño la
había rescatado de la soberbia y de la ira.

El buzo se introdujo en la bodega del barco. La cámara lo siguió. Un haz de luz se abrió

paso en las tinieblas. En el fondo había un pulpo. Movió los tentáculos y el buzo le hizo una seña a la cámara. Un segundo haz de luz, más potente, quedó fijo en el cuerpo del pulpo. Otro buzo apareció en la bodega. Empuñaba un arma, tal vez un arpón.

Eran las cuatro y treintaicinco.

Christine bajó el libro. Lo sostenía con la mano derecha y lo apoyó en uno de sus muslos —el más alto, cruzado sobre el otro—, junto a la cabeza de Connie. Hizo girar el pie en el aire, como para desentumecerlo. En la piel de cocodrilo del zapato, negra, se reflejaban pequeñas manchas luminosas. El taco era muy alto, delgado, y la puntera afilada quedó después señalando el techo. Las medias oscuras, caladas, dibujaban el arco del pie y un fino tobillo. La falda, en esta posición, no le cubría las rodillas. Christine tenía el cuello largo y blanco. En la caída desde los hombros de la camisa de seda se adivinaba, dándole forma, la desnudez y la consistencia de los pechos y la dulce tentación de un perfume. Sus ojos grises no miraban nada o habían imaginado otras cosas.

China reducirá sus efectivos militares en un millón de hombres durante los dos próximos años, según decisión adoptada por la Comisión Militar Central, que preside Deng Xiaoping, y que fue anunciada el

Los buzos no abordaban ese barco por primera vez. Era evidente que conocían los caminos apropiados a través del casco y de las diversas salas o que ellos mismos los habían abierto. Indicaban a la cámara la presencia de utensilios, cofres, fragmentos óseos, municiones, máquinas y otros restos. Uno de los buzos demostraba por comparación con su propia altura que una brecha abierta en la bodega medía más de dos metros de altura y tres de ancho. Se trataba de una puesta en escena. El pulpo formaba parte del espectáculo.

Christine volvió en sí. Se pasó una mano por el pelo. En su juventud ¿había sido rubia? Luego contempló largamente a Connie y le acarició la cabeza con un gesto de extrema suavidad, casi impalpable, para no despertarla.

> hombres durante los dos próximos
> años, según decisión adoptada
> por la Comisión Militar

¿Es posible saber que aún nos queda un tormento más por conocer; saber también que ese tormento será el más cruel, el más depredador, el más sangriento; y desear sin embargo seguir en vida, seguir en pie como un árbol al que sólo le resta esperar el primer hachazo de una serie infinita de golpes y de mutilaciones?

Los buzos comenzaron el ascenso. Pronto, en lo alto, vieron el cielo blanco de la superficie. Después emergieron en un mar de olas mansas, bajo el sol radiante. Se sacaron las máscaras y las aletas. Subieron a bordo de una nave moderna. Sus compañeros los ayudaron a desprenderse del resto de los equipos. Tomaron agua, se llenaron los pulmones con el aire tibio de un verano. Rieron. Bromearon, hablaron en francés y rieron.

China reducirá sus efectivos militares en un
millón de

Un hombre y una mujer miraban en el televisor el feliz final de la exploración submarina de un

El whisky se le había terminado y resolvió comprar otras dos botellas. De modo que se dirigió al free-shop. En el camino arrojó la segunda petaca vacía en un recipiente para residuos. La música funcional era un falso manto de misericordia sobre el silencio y los ruidos de la noche encerrada en aquel recinto. Entonces Minelli pensó en el hombre gordo. Se preguntó textualmente quién había sido el hombre gordo, qué relación había tenido con Connie y por qué el miedo se había adueñado de él cuando perdió su apuesta contra Asfa jugando al pase inglés. Comprendió de inmediato que estas tres preguntas iniciales se abrían como una esclusa sobre otros interrogantes. El escaparate situado entre las puertas de entrada y de salida del free-shop estaba dedicado exclusivamente a los cigarrillos Winston. Varios centenares de cartones apilados con esmero componían una columna octogonal. Un cartel que representaba con un dibujo hiperrealista una escena de la película *Lo que el viento se llevó* tenía una leyenda, al pie, que anunciaba: *El genuino sabor americano.* Él entró en el local. Dio una vuelta recorriendo la senda propuesta por una alfombra roja y por los mostradores. Las

tres empleadas se habían reunido en torno a la
única caja habilitada a esa hora para realizar los
cobros. Las mujeres no daban señales ni de aburrimiento ni de desgana. Por el contrario, una de
ellas le contaba algo a las otras con enfáticos ademanes y las otras la escuchaban con los ojos muy
abiertos, pendientes de los detalles o de las secuencias del relato. La presencia de Minelli no
interrumpió esta conversación. ¿Quién le había
pegado al hombre gordo en el baño, poco después de las doce de la noche, y por qué? ¿Existía
algún vínculo entre el negro que había agredido
al hombre gordo y el negro encargado del baño?
¿O el primero le había dado al segundo un puñado de dólares para contar con su auxilio, su silencio o su complicidad? Y si no ¿qué hacía el encargado del baño mezclado entre los jugadores
puesto que no jugaba y su tarea no consistía en
vigilar al hombre gordo? ¿Era descabellado pensar que Minelli había descubierto partes de una
trama en la que estaban involucrados Asfa, el
hombre gordo y uno —o tal vez más— de los
empleados del aeropuerto? En este caso, ¿cuál
era la razón de ser de esa trama? ¿El juego? ¿Qué
le había dicho Connie al hombre gordo con tanta
severidad? Además, si ella lo conocía y podía
permitirse hablarle en un tono visiblemente duro, ¿sería ocioso suponer que Asfa no podía igno-
rar esa relación y que, en este caso, el miedo que
el hombre gordo había demostrado ante él parecía incomprensible? ¿O debía conjeturarse que
ese miedo no estaba inspirado directa o personal-

mente por el etíope y que obedecía, en cambio, a motivos más ocultos? Un cartel detallaba las marcas de una docena de bebidas, las cantidades contenidas en las botellas y sus precios. Minelli leyó:

Ballantine's	1 lt.	$ 8
J&B	1 lt.	$ 8
Johnnie Walker Red	1 lt.	$ 8
Johnnie Walker Black	1 lt.	$ 14
Chivas Regal	1 lt.	$ 19
Remy Martin - NAP	0,70 lt.	$ 35
Mumm Brut	0,72 lt.	$ 15
Beefeater	1 lt.	$ 7
Cointreau	1 lt.	$ 11
Drambuie	1 lt.	$ 10
Grand Marnier	1 lt.	$ 14
Stolichnaya	0,96 lt.	$ 6

Entonces se aproximó a las empleadas del free-shop. Ninguna de ellas pareció advertir su presencia. Continuaban embebidas en la conversación. La que llevaba la voz cantante decía en ese momento:

«pero no quiso seguir hablando del asunto. Es evidente que a ella no le interesa el negocio. Yo creo que ahora está claro que tiene sus propios planes y que nuestra participación no encaja en ellos. De todas maneras ella sabe que no le conviene rechazarla terminantemente, al menos por un tiempito, porque el señor Bellotti podría darse cuenta de que ella se ha quedado sin respaldo y de que a él le resultaría muy fácil dar por terminada la discusión. Me parece que esta es la última carta que tenemos que jugar. No sé si»

Era alta, corpulenta y desabrida. Minelli no se atrevió a interrumpirla, pero se sintió irritado. Las conclusiones enumeradas por esa mujer habían desanimado a sus compañeras. Una de ellas bajó la mirada y sacó de un bolsillo su talonario de facturas. La cajera, una mulata de escasa estatura y ojos vivaces en una cara redonda, miró de pronto a Minelli. Las otras reaccionaron de inmediato como si hubiesen descubierto a un intruso. Él dijo que quería comprar dos botellas de whisky y un cartón de cigarrillos. La mujer corpulenta, de mala gana, garabateó en su talonario las cantidades y las marcas que él había solicitado y luego le pidió el pasaporte y su billete. Minelli buscó en todos los bolsillos y en el bolso de mano. Sin embargo no pudo encontrar el billete. La mujer le dijo con hostilidad que no podría comprar nada allí si no presentaba ese *documento*. Así que Minelli le explicó que posiblemente lo había perdido pero que se presentaría a la compañía aérea, denunciaría este hecho, solicitaría una copia, una constancia o lo que fuese, y regresaría en seguida al free-shop. La mujer corpulenta no respondió. En su rostro había una mueca de piedad y de desprecio. Él se retiró del local, cruzó a buen paso la sala de espera, descendió a la planta baja en el ascensor de acero, y llegó por fin al mostrador de Check-in. Le agradeció a Dios —no supo a quién más hubiese podido agrade-

cérselo— que el empleado que debía atenderlo
no fuese el mismo con el que se había topado
cuando había llegado al aeropuerto. Minelli le
explicó su caso a este hombre. El empleado le sonrió, le pidió el pasaporte y la carta de embarque y luego tecleó su nombre en el ordenador.
Entonces le preguntó: «Minelli, ¿verdad?» «Sí.
Juan Minelli. Con doble ele.» «Gracias.» El
hombre rellenó un formulario con un bolígrafo
de tinta azul, se lo hizo firmar al pie, después lo
firmó él, puso un sello sobre su firma, tecleó en
el ordenador, leyó en la pantalla, volvió a teclear
y, por último, le entregó a Minelli la copia del
formulario. Le dijo con una nueva sonrisa: «Una
declaración jurada. Con esto es suficiente.» De
modo que no habían transcurrido aún diez minutos cuando él volvió a entrar en el free-shop.
La empleada corpulenta leyó con atención —o
fingió hacerlo— el *documento*. Después sumó la
factura y masculló: «Caja, por favor.» Él pagó
con un billete de veinte dólares y uno de cinco. La
mulata le devolvió cuatro monedas de veinticinco centavos cada una y un papel. Le dijo: «Con
este comprobante debe retirar la mercadería en el
local que encontrará después de pasar el último
control de embarque.» «¿A las siete de la mañana?» «Veinte o treinta minutos antes de la partida de su vuelo, señor.» «¿Por qué? No lo entiendo. Yo creí que me entregarían mis compras
ahora.» La cajera arqueó las cejas y en sus ojos
apareció un brillo maligno o irónico. «Lo siento,
señor. Así es el reglamento.» «¿Qué reglamen-

to?» La cajera no contestó. Su sonrisa le pareció a Minelli extremadamente benévola. Se guardó el papel y las monedas en un bolsillo. Se sintió burlado y ridículo. Murmuró: «Es increíble que.» La cajera repuso: «Buen viaje, señor.» Él no supo qué hacer. Miró la hora en su reloj de pulsera. Entonces creyó que percibía claramente la progresiva cercanía de un peligro. Tenía sed y no podía beber. Pero una pregunta desplazó de sus pensamientos el accidentado episodio del free-shop. *¿Quién había matado al hombre gordo?*

Minelli salió de la tienda donde había comprado las primeras botellas y las tarjetas postales y se encontró frente a frente con Judith Lem. Ella encogió los hombros. «No es mi noche», dijo. Él supuso que Judith Lem se refería a su mala suerte en el juego. Eso era lo más probable, pero por un motivo indemostrable, apenas entrevisto en sus conjeturas, aceptó la posibilidad de que no se tratase sólo de la pérdida del dinero que ella había apostado. Pensó ahora que era muy atractiva. De modo que comenzó a caminar por el pasillo mientras destapaba la tercera petaca. Judith Lem lo siguió y Minelli la invitó a beber. Ella aceptó.

«Pasó el tiempo y no volví a ver a Paul. Hace unos meses recibí una carta. Me explicaba que necesitaba recuperar el departamento de su hermano por razones familiares y me mandaba un cheque de veinte mil francos para facilitarme las cosas. Le contesté diciéndole que yo no tenía ninguna intención de abandonar la casa de Jack y le devolví su cheque. Desde entonces no supe más nada de él... Supongo que reaparecerá, más tarde o más temprano, y tratará de convencerme de que me vaya. En realidad él no es el problema. El problema es su madre... La madre de Jack. Ella es una mujer fría, calculadora, y odiaba a su hijo menor. Para ella Jack era... No sé cómo decirlo... Para ella Jack era un chico caprichoso con ideales extravagantes... Un parásito... Sí, un típico residuo del 68. Pero ahora que Jack está muerto ella quiere recuperar sus cosas, espiar, revisar, fisgonear como una rata en la basura. No lo hará mientras yo pueda evitarlo. Su interés es dañino, perverso.»

Hizo una pausa y bebió.

Entraron en la sala de espera de la compañía aérea y Judith Lem, naturalmente, como si hubiese sabido mientras caminaba junto a Minelli que llegarían por fin allí, se sentó en una butaca, extendió las piernas, se contempló los zapatos y suspiró: «¡Qué bien!»

Él recuperó la botella.

Oyó voces.

Las puertas de la sala se abrieron nuevamente y apareció un etíope vestido con una túnica. Minelli lo había visto entre los jugadores. Detrás de este hombre entró Asfa.

Judith Lem dijo: «La cuestión, sin embargo, es que creo que ya es hora de que ahueque el ala.» Esta expresión conmovió a Minelli. Ella —pensó— estaba dispuesta a marcharse del departamento de Jack. ¿Debía sugerirle que no lo hiciera, que esperase, que no le diese el gusto gratis a la vieja arpía?

Sintió —lo sintió— una mirada fija en él.

Connie ya no dormía: se levantó de su asiento para saludar a Asfa y al otro hombre. Los besó a los dos en las mejillas. Se mostró alegre y cordial.

Christine se quedó sentada un instante más. Sus ojos grises, muy claros, estaban clavados en Minelli.

Judith Lem dijo: «Si lo hago me llevaré dos o tres cosas: las fotos, los poemas y el guión de la película de Jack.»

Minelli se estremeció:

No podría resistir la firmeza de la mirada de Christine.

La mujer vestida de negro se puso lentamente en pie. Abandonó el bolso sobre una butaca y se arregló el pelo y la ropa. Entonces desvió los ojos. Una sonrisa formal esfumó las huellas del pensamiento que la había petrificado.

Minelli estaba asustado como un conejo herido por una perdigonada y a punto de caer en las fauces de un perro.

Asfa se sacudió innecesariamente las solapas del saco de fina lana negra. Después se puso las manos en los bolsillos de los pantalones y balanceó el cuerpo sobre las piernas abiertas. Era alto, de bellos rasgos, y aquel encuentro —aquella charla— que acababa de comenzar no tenía para él ningún interés. Connie se prendía y se desprendía el botón de un puño de su camisa de color jade mientras escuchaba al otro hombre. Christine abrió la cigarrera y se llevó un cigarrillo a los labios. Asfa le dio fuego con un encendedor de oro. Minelli oyó palabras sueltas: *Tiempo / fiesta / trece años / Addis Abeba / Mañana.*

Christine era esbelta. Aun cuando Minelli no hubiese afirmado definitivamente que se trataba

de una mujer hermosa —había vuelto a considerar-
lo— ya no tenía dudas de que a él le parecía elegante y también, a pesar de su frialdad, abrumadora-
mente sensual. Asfa se le acercó y le habló en voz
baja. Christine miró la hora y asintió en silencio.

Judith Lem tomó un trago de whisky, se
pasó los dedos por el pelo, movió la cabeza y dijo:
«Después de un largo viaje, cuando se lle-
ga de vuelta a casa, hay dos posibilidades: o se
siente que se recupera un lugar o se siente que
se lo ha perdido. En cualquier caso el dolor es
inevitable... Bueno, esta era la idea de la película
de Jack: un viaje, un raro encuentro, un raro
amor, y el regreso... Contada así puede sonar trivial, pero no lo era. Hubiese sido una buena película. Jack había seleccionado los exteriores, en
Florencia, y había encontrado la habitación de
hotel perfecta para el único escenario de interior.
Desde el balcón se veían el río y los puentes, y un
plano de techos rojizos y muros amarillos cortado por la torre del Palacio Viejo... Es inútil hablar de la luz de Florencia. No hay forma de des-
cribir lo que está más allá de la realidad. Esta
frase no es mía. Es de Jack. La protagonista de la
película debía decírsela a su amante cuando»

El hombre de la túnica se estaba despidien-
do. Sus modales eran plácidos y amables. Poco después se fue. Asfa rodeó con un brazo los hombros
de Connie y se la llevó hacia el ventanal. A pesar de
las horas pasadas en el aeropuerto su aspecto seguía
siendo impecable y su camisa blanca parecía recién
planchada.

El televisor continuaba encendido.

Judith Lem preguntó: «Le gusta esa mujer, ¿verdad?»

Christine se sentó, fumó, levantó la barbilla y sopló el humo en una fina columna casi invisible. Después cruzó las manos sobre sus muslos cruzados y clavó otra vez la mirada en Minelli.

Siete vascos escalan el Cho Oyu, la sexta cima mundial

Siete escaladores vascos, componentes de una expedición de 11 al Cho Oyu, alcanzaron

Minelli había trazado un óvalo rojo. Ahora vio que tenía los dedos manchados de tinta. Trató de limpiárselos con un pañuelo de papel. Sólo consiguió extender más las manchas. Le dolía la cabeza y sentía frío. Se puso la palma de una mano en la frente. Estaba fresca y húmeda de sudor, como si acabase de quitarse un paño de agua helada. Judith Lem le tomó el pulso. Poco después dijo: «No es nada.» Su sonrisa era un gesto de consuelo o de amistad. «O no es nada más que una emoción». Él movió la cabeza afirmativamente. No sabía por qué lo hacía. Tal vez se había acostumbrado ya a la cercanía de esa mujer. Pero comprendió, repentinamente, que deseaba tocarle las piernas. Pensó que quizás debía besarla. Entonces podría decirle que necesitaba estar otra vez a solas con ella. Pensó que Judith Lem aceptaría naturalmente volver a la cabina telefónica con él. En seguida pensó que esa no era la forma de conseguirlo. Lo más efectivo sería ofrecerle dinero. Mostrarle, por ejemplo, un billete de cincuenta dólares, o ponérselo dentro del escote de la blusa blanca. Se imaginó esta última escena. Lo excitó y le pareció grotesca. Sin embargo los preludios, con ella, no tenían importancia. Pensó, textualmente, que deseaba apoderarse de ese cuerpo. ¿Había entrevisto su desnudez en una bruma penosamente iluminada? ¿Había sido sorbido con vehemencia por su boca? ¿Se había hundido en las arenas movedizas y fantasmales de la codicia y de la gloria? ¿Había tocado y había quedado cautivo y se había rendido? O, pura y simplemente, ¿había caído como una presa más en las vertiginosas y eficaces redes del ensueño y de la alucinación?

Ella dijo:

«No tiene por qué mentir. Lo comprendo. Es una mujer inconquistable, peligrosa y excelente. El color negro corresponde a la perversión y al misterio. Pero ese no es el secreto. Estoy segura de que muchos hombres pueden pasar a su lado sin inmutarse. Su verdadero secreto es la palidez. No estoy hablando de cosas románticas o macabras. Estoy hablando de lo que no se ve. Todo es imposible con una mujer así. Eso me parece admirable. Al fin y al cabo las relaciones de pareja empiezan en el perfume de la cama y terminan en la grasa de la cocina. Yo todavía no sé qué es lo»

Christine, en su butaca, más allá, bajó la cabeza y fingió que retomaba la lectura del libro. La mirada de Judith Lem, fija en ella, aparentemente la había vencido.

Siete escaladores vascos, componentes de
una expedición de 11 al Cho Oyu, alcanzaron en el plazo de dos días la cima de esta
montaña del

«En el fondo creo que para una mujer no
hay nada mejor que otra mujer. Los hombres suelen ser arrogantes, destructivos y necios. Una
mujer inteligente no puede pasarse la vida entera
disimulando las tonterías y la torpeza de un hombre. Se me ocurrió seriamente esto el día del entierro de Jack. Salí de Père Lachaise con la sensación de que el mundo se había hundido y de que
yo tenía la culpa... Jack se mató en casa. Nos ha-
bíamos peleado por algo ridículo. A las dos de la
mañana yo me encerré en el dormitorio, tomé
veinte miligramos de Valium y me quedé dormida. Nunca supe a qué hora fue, pero escuché el
balazo. Pensé que él se había suicidado. No podía
moverme. Después me convencí de que había sido un mal sueño. Me desperté al mediodía. Llovía. Jack estaba muerto. Grité y lloré. Me vestí.
Bajé a la calle. Caminé por cualquier lado, andu-
ve por ahí, di vueltas hasta que me convencí de
que todo había terminado. Entonces me pasé una
hora frente a la fuente de los Médicis. Estaba loca.
Quería irme a Italia inmediatamente, o a Buenos
Aires... Quería desaparecer sin ver a nadie, sin
hablar con nadie... A las cinco de la tarde entré en
un bar, compré cigarrillos y pedí una copa de cas-
sis. Llamé por teléfono a Paul y le dije que su hermano se había suicidado... Pobre Paul. Apenas

pudo balbucear que no era posible y me preguntó si estaba borracha... Al día siguiente, después del entierro, cuando volví a casa, me animé a pensar por primera vez que Jack había sido un cretino. Y sigo pensándolo. Un hombre no es mejor que los recuerdos que inspirará. Cumplí treinta años y una noche decidí que»

Minelli bebió. ¿Qué le haría cuando la tuviese en la cabina, arrinconada, después de manosearla por arriba y por abajo de la ropa? ¿Qué le exigiría después de reducirla y de forzarla? ¿Qué pena le impondría después de asaltarle el culo, de cojérsela a su antojo, y después de vaciar en ella la desesperación y la ignominia?

Se miró los dedos manchados de tinta. Era una fantasía. Deliraba. Estaba perdido. Nada de lo que recordaba era cierto y nada había sucedido.

La mujer pálida cerró el libro, recogió el bolso y se fue de la sala de espera. El hombre negro y la chica habían desaparecido. O no existían.

«La sexualidad es una máscara. El placer está en otra parte», dijo Judith Lem. «Perdemos mucho tiempo creyendo que no sabemos hacer el amor... Es absurdo. Nos mortificamos intentándolo una y otra vez pero no lo conseguimos. Las obsesiones no cambian, no se mueven... Nos lanzamos como guerreros lunáticos y obcecados contra una fortaleza imaginaria y en esa batalla infantil empeñamos inútilmente toda la vida. Por eso a veces el cansancio, la decepción o el desengaño no son los peores consejeros. Las mujeres, por lo general, aceptan con más»

¿Quién era él, allí, armado y errante?
¿Qué peligro lo amenazaba?
En la bruma de oro que ocultaba la llanura y
la verdad la mujer a quien había soñado a través de
los laberintos del mar y del desierto lo hechizaba.

«Así que una noche fui a buscar a Sophie
Fournier al bar de la rue de la Ferronnerie. Le
prometí doscientos francos y me la llevé a casa.
Me preguntó por Jack. Inventé una excusa para
no mentirle. No quería decirle en seguida lo que
había pasado. Le serví una copa y le pedí que se
sacara la pollera. Quería volver a ver sus piernas,
las medias de seda que le había regalado, el por-
taligas que me había robado. Quería contem-
plarla yendo y viniendo por la sala, joven y envidiable, con sus zapatos de raso y con su blusa
transparente, semidesnuda, maquillada como las
putas provincianas creen que se maquillan las putas de lujo. Pero no había conseguido mostrarme
firme y exigente. Sophie me preguntó: "¿Por
qué tienes tanta prisa? Son las dos de la mañana.
Te sobrará el tiempo." Pretendía ser dura conmi-
go, pero lo que sucedía en realidad era que tenía
miedo. Sophie, en el fondo, es una criatura igno-
rante. Sentí que la deseaba ferozmente. Le crucé
la cara de un sopapo y me insultó. Eso me sacó de
quicio. Le pegué tres o cuatro bofetadas más con
todas mis fuerzas. Ella retrocedió, se dejó caer en
un sillón, se tocó las mejillas y los labios, donde
había recibido los golpes, como si no pudiese
creerlo. Ya no tenía miedo. Estaba aturdida. Le
dije: "Quítate la falda." Sophie se desabrochó el

cinturón y se bajó el cierre. "Te portas como un hombre", me dijo. "¿Ah sí?", le contesté, "¿Y cómo se portan los hombres?" "Igual que tú esta noche", dijo. "Tienen ideas fijas, son fetichistas, y a veces le pegan a una mujer para disimular la impotencia." "Maravilloso", le dije. "Jamás me hubiera imaginado que tú en la cama pudieras aprender algo que no fuese abrirte de piernas y aguantar el desfile de un ejército de cerdos, sacudiéndote y gimoteando para hacerles creer, a cada uno de ellos, que te están demostrando lo que es un macho. Te he dicho que te quites la falda." Sophie se levantó. Su respuesta fue: "Págame." Sentí vergüenza, pero le di el dinero. Entonces ella obedeció... La miré hasta que me cansé de mirarla, la toqué y la besé exigiéndole que no se moviese y que no hablara. Después le ordené que me masturbara. Mientras lo hacía le dije: "Yo te domaré." Desde esa noche Sophie ya no»

Siete escaladores vascos, componentes de una expedición de 11 al Cho Oyu, alcanzaron en el plazo de dos días la cima de esta montaña del Himalaya, la sexta más alta del mundo, con 8.201 metros.

Judith Lem lo miró. «Bueno, creo que ahora necesito un trago», dijo. Minelli se inclinó y la besó en los labios. Ella rehusó suavemente su boca. Parecía sorprendida. «Lo siento», murmuró, «pero no lo entiendo.»

Eran dos hombres corrientes, posiblemente inofensivos. El más alto parecía un investigador universitario: un especialista en genética, por ejemplo, o en matemáticas. Tal vez la barba rubia, la frente despejada y la calvicie prematura sugerían la imagen preconcebida de una persona que posee un pensamiento metódico. El otro era excesivamente joven. No había llegado aún a la edad en que los gestos y los rasgos revelaban una convicción o un escepticismo definitivos. De modo que Minelli no se alarmó cuando los vio entrar en la sala. Judith Lem había ido al *toilette*. Eso, textualmente, le había dicho. «Necesito refrescarme un poco. En seguida vuelvo.» Él se había preguntado si se trataba de un pretexto para evitar una escena embarazosa o para terminar con una confusión. Ella ¿deseaba lavarse? ¿O reanimarse? ¿Cómo se *refrescaría* Judith Lem?

Los dos hombres se pararon frente a él. Entonces lo supo. «Hola», dijo el joven. «Venga con nosotros, por favor», le ordenó el otro. «¿Qué pasa?», preguntó Minelli. «No pasa nada», respondió el investigador universitario. «Es sólo una formalidad. Un trámite, ¿comprende? Cinco minutos.» «¿Quiénes son ustedes?» El joven exhi-

bió una credencial. Lo hizo como un detective de
película y dijo: «Policía Aeronáutica.» Era un
personaje inverosímil. Él pensó que no debía decir nada más. Sería inútil. Recuperó sin proponérselo una desconcertante serenidad. Se puso en
pie y los siguió. Ellos empujaron las puertas vaivén de la sala y él pasó entre los dos. El ruido de
los pasos en el pasillo le pareció marcial. Encendió un cigarrillo. Ahora formaba parte de una
historia. Se sintió repuesto y optimista.

«Es aquí», le anunció el investigador universitario. Él leyó en una placa de metal: *Policía Aeronáutica.* Así que era cierto. Cruzaron una larga
oficina dividida con tabiques de cristal donde seis o
siete hombres trabajaban en silencio como peces
desovando. Llegaron por último a un despacho cua-
drado de paredes grises. Un hombre negro, unifor-
mado, abrió sobre su escritorio un registro de tapas
de tela verde y hojas rayadas con líneas rojas.

«Documentos», le dijo.

Él le entregó el pasaporte. El hombre miró la foto y volvió a mirar el rostro de Minelli.
Después comenzó a escribir en el registro. Mientras lo hacía le ordenó:

«Déme el billete y el dinero. Ponga todo
lo demás, todo lo que lleve encima, sobre esa
mesa. ¿De acuerdo?»

Él obedeció. No pensaba en nada. El hombre contó el dinero y siguió escribiendo. Minelli
apagó el cigarrillo en un cenicero de plástico. El
investigador y el joven esperaban. El hombre terminó sus anotaciones.

«Lea y firme sobre la línea de puntos», le dijo.

Él firmó. Entonces los hombres lo llevaron a otra sala. Los azulejos eran blancos, hasta el techo, y el suelo de mármol negro. Había una camilla, vitrinas y bandejas con instrumental médico, algodón, jeringas, alcohol, un lavabo, un espejo, un banco y dos sillas de aluminio, focos, una lámpara de pie, un estetoscopio, un plesímetro, un biombo y un perchero. Los dos agentes de la Policía Aeronáutica se sentaron.

El hombre al que Minelli veía de espaldas, con chaquetilla, pantalón y zapatos blancos, lo miró a través del espejo. Un *barbiquejo* le ocultaba la nariz y la boca. Sus ojos eran dos moscas azules. Le hizo una seña:

«Quítese la ropa allí, por favor.»

Minelli comprendió que le había indicado que lo hiciera detrás del biombo.

«¿Para qué?», quiso saber.

«Es un control de rutina», respondió el otro.

De modo que negarse, pensó él, hubiese sido en vano. Se desvistió y colgó la ropa. Observó que la camisa ya tenía los puños y el cuello sucios. No estaba dispuesto, sin embargo, a reaparecer en la sala absolutamente desnudo. Descubrió una toalla blanca en una percha. Se preguntó si estaría limpia. La miró de un lado y del otro. Era una toalla grande, de algodón. Se la puso en la cintura y comprobó que le llegaba a las rodillas. Vio sus pies. Dejaban huellas en el suelo frío. Se hallaba en verdad en una situación inesperada y ridícula, pero esa no era la causa de la turbación que de golpe había hecho flaquear su curiosidad.

Regresó con una nueva inquietud al centro de la sala. Las cosas ya no estaban claras. Ninguna formalidad, ningún control de rutina en un aeropuerto —pensó— exigían una revisión física. El hombre de blanco se había puesto un par de guantes de goma.

«Párese aquí», le señaló.

En ese momento Minelli advirtió que el investigador universitario había recogido su ropa y que se retiraba con ella de la sala.

«¿Qué es lo que sucede?», preguntó.

«Nada importante», le contestó el joven desde su silla. Y le sonrió amistosamente.

«Separe las piernas, manténgalas rectas y firmes... Correcto. Incline el cuerpo... Un poco más... Así está bien. Gracias.»

La voz del hombre de blanco le pareció neutral. Hubiese descrito en el mismo tono, tal vez, los pasos a seguir para socorrer a los pasajeros y a la tripulación de un avión en caso de accidente en una pista de aterrizaje... En ese mismo tono despojado de emociones.

«Le haré un tacto. Relájese. Serán diez segundos.»

Acercó la lámpara. Minelli sintió el calor de la luz. Luego una mano que se apoyaba en la parte más baja de su espalda. En seguida, la lenta introducción de un dedo. Después la búsqueda, hasta donde resultó posible, fue exhaustiva. Minelli no miró al joven agente de la Policía Aeronáutica.

«Muy bien. Gracias por su colaboración», dijo el hombre vestido de blanco.

Sí: su voz era neutral. Técnica. Se sacó los guantes, le devolvió la toalla, se enjuagó las manos y se las frotó con alcohol. Sin el *barbiquejo* sus ojos eran dos moscas muertas.

«Buenas noches», musitó antes de salir de la sala.

El joven se puso en pie.

«Muy bien», repitió. «Ahora espere aquí.»

Minelli se dio cuenta —mientras escuchaba su propia voz— que la pregunta no tenía sentido:

«¿Qué es lo que sucede?»

El joven encogió los hombros.

«No lo sé», dijo. Él también se fue de la sala.

Minelli contempló la toalla que todavía no había vuelto a sujetarse en la cintura. La ominosa conciencia del silencio en que había sido abandonado lo sobrecogió. No se atrevió a moverse, aunque podría caminar sin hacer ruido, sin llamar la atención de nadie —pensó—, sin hacer más visible su evidente condición de sospechoso. En la mesada, junto al lavabo, vio trocitos de uñas. Se le ocurrió que el hombre vestido de blanco se había cortado las uñas para *revisarlo*.

Se miró en el espejo.

Trató de imaginar cómo se vería a sí mismo cuando hubiese perdido todo el pelo de la coronilla.

Se sacó nuevamente la toalla y contempló su cuerpo. Se preguntó si ese cuerpo había conmovido a Joyce. Se preguntó si ella —la única mujer ante la cual se había sentido indefenso, fatuo y desnudo— había quedado alguna vez cautivada por esa imagen. Hubiese sido ilusorio creer que así había sido.

Entonces lo azotó el dolor que inflige la invocación en vano de un fantasma.

Él era un prisionero, el autor de la historia, y su víctima perfecta.

¿Qué había hecho?

¿Qué esperaba?

¿Cuáles eran, si existían, los acontecimientos reales?

La visión de su propia desnudez en el espejo le resultó por fin insoportable. Se sentó en una silla y se cubrió la cabeza con la toalla.

«Mi nombre es Frank Bellotti.» Le dio la mano y Minelli se la estrechó. «¿Quiere un café?»

«Sí, por favor.»

«¿Solo?»

«Sí, solo. Gracias.»

«Póngase cómodo. Mis padres eran de Milán, pero yo nací aquí. ¿Fuma? Su nombre es Minelli, ¿verdad?»

«Sí. Juan Minelli.»

Bellotti le dio fuego.

«Conozco a una familia Minnelli, con doble ene. Viven en Turín.»

«Mi familia era del sur. Vivían... alguien vive todavía... en San Sisto, un pueblito de pocas casas, en la montaña. No figura en los mapas.»

«Calabria.»

«Sí, Calabria.»

Bellotti asintió en silencio. Rasgó una bolsita y echó el azúcar en su vaso de café. Minelli recordó que había pensado —al cruzarse con él, ¿cuántas horas antes?— que su elegancia era deliberada. Esta idea, ahora, observándolo mejor, le pareció no sólo ambigua sino también errónea. Bellotti —¿acababa de decirle que se llamaba Frank Bellotti?— era *premeditadamente* elegante. Eso ex-

plicaba, a quienes quisiesen detenerse en estos detalles, la escrupulosa combinación de su ropa y de sus
modales, como si el irreprochable traje de franela
azul, la corbata gris, la sonrisa oportuna y el suave
movimiento de sus manos, por ejemplo, hubiesen
sido elegidos para ocultar otra figura. Esta nueva
conclusión le resultó a Minelli satisfactoria y esti-
mulante. Bellotti dijo:

«Sin embargo usted no nació en Italia.»

«No.»

«¿Por qué viaja entonces con un pasaporte italiano?»

«¿Por qué no habría de hacerlo?»

«¿Es el único que tiene?»

«No.»

«¿El otro también esta en vigencia?»

Minelli se negó a ponerle azúcar al café.
Lo bebió amargo. Estaba apenas tibio y no tenía
gusto a café.

«No lo sé.»

«¿Cuántos días ha permanecido en esta
ciudad?»

«Una semana.»

«¿De dónde venía cuando llegó?»

«Es de suponer que usted ya sabe todo eso.»

«¿De dónde venía?»

«De Roma.»

Minelli pensó en Judith Lem. ¿En qué año
se había ido ella de la Argentina?

«¿A dónde va?»

«Usted lo sabe.»

«Sí, lo sé, pero quiero que me lo diga.»

Bellotti sonrió. Tenía, efectivamente, los ojos elocuentes y temibles de un hombre mortificado o de un impostor.

«¿A dónde va?»

«A Buenos Aires.»

«¿Cuál es su profesión?»

«¿Mi profesión?»

«Sí. O su oficio, su trabajo...»

«Soy historiador.»

«¿Puede demostrarlo?»

«¿Ahora?»

«Sí.»

«No, no puedo demostrarlo.»

Bellotti abandonó su amplio sillón de cuero marrón. ¿Qué edad tenía? ¿Cuarentaiocho años? ¿Tal vez cincuenta? Era muy delgado, pálido, más alto que Minelli. Su mansedumbre parecía la de un gato. Se puso las manos en los bolsillos y dio una vuelta alrededor del escritorio. Se detuvo frente a una ventana. No entreabrió con un par de dedos las varillas de aluminio de la persiana veneciana para fingir que miraba hacia fuera. El despacho estaba puesto con el imaginario buen gusto de un hombre que tal vez necesitaba creer que quienes lo viesen allí podrían olvidar, al menos por un instante, que era un policía. Minelli recordó de pronto la exploración submarina de los buzos en el barco hundido. Recordó el color de los peces, las luces, y la fugaz ondulación de las formas bajo el agua cuando la cámara se movía.

«¿Estoy detenido?», preguntó.

«No.»

«Entonces ¿de qué se trata?»

«Es una investigación.»

«¿Y yo qué tengo que ver con una investigación?»

«Todavía no lo sabemos.»

«Pero sospechan de mí.»

«No. No sospechamos de usted. O mejor dicho: no es, precisamente, una sospecha.»

«No lo entiendo. ¿Por qué estoy aquí? ¿Qué busca? ¿Qué quiere saber? ¿Cuál es mi situación?»

«Estamos tratando de establecer cuál es su situación. Ya hemos descartado las drogas.»

«¿Eso qué quiere decir?»

«Nada más que lo que ha oído.»

Minelli tomó otro cigarrillo del paquete que Bellotti había dejado sobre la tapa de cristal de su escritorio. Se preguntó qué era lo que había oído. No lograba concentrarse en el interrogatorio, quizás porque en verdad no entendía de qué le hablaba ese hombre pulcro y aparente, o quizás porque en el fondo ya no le interesaba entenderlo.

Pensó en Bergman, vestida de blanco, en el bar de Rick. Recordó con minuciosa exactitud la mirada conmovida y brillante —milagrosamente iluminada, claro— de Bergman cuando había vuelto a ver a Rick mientras el negro Dooley Wilson tocaba en el piano y cantaba *As Time Goes By*. Se reprochó ese recuerdo blando, insignificante y sentimental. Estaba cansado. Tenía sueño y sed. ¿Qué hora era? Le habían quitado el reloj y estaba convencido de que no debía preguntarle una cosa así a Frank Bellotti. Pensó que tal vez se encontraba realmente en una situación incierta y comprometida. En tal caso era previsible que podían decidir hostigarlo y que quizás intentasen *arrancarle* una confesión, involucrarlo en algo, o inculparlo. Admitió entonces que su desprecio por Bellotti era irreflexivo. Sin embargo no estaba dispuesto a cambiar de actitud.

El pelo de Bellotti, bien cortado era rubio, y gris. El policía se miró las manos. ¿Le disgustaban las manchas de nicotina que tenía en los dedos? Su mirada expresiva y roja buscó los ojos de Minelli.

«Hable», le dijo.

«¿De qué?»

«No complique las cosas. Usted es un hombre inteligente.»

«¿Cómo lo sabe?»

«No lo sé. Es sólo una deducción. Hable.»

«No quiero hablar. No tengo por qué hacerlo. Quiero que me deje en libertad.»

«Usted todavía no ha perdido su libertad.»

Bellotti volvió a sentarse en el sillón de cuero. Apoyó la nuca en el respaldo y unió las puntas de los dedos creando entre las manos —pensó Minelli— un espacio virtual, el espacio donde cabían sus certezas y sus dudas. Era un conjunto de actos, una pose, minuciosamente estudiados, extraídos del cine o de la literatura policial.

«¿Le interesan las guerras, señor Minelli?»

«No.»

«¿La geopolítica?»

«No.»

«¿La cotización de las acciones de Union Carbide?»

«No.»

«¿Cuál es su especialidad dentro del campo de la historia?»

«La historiografía.»

Bellotti abrió un cajón del escritorio, sacó el diario que Minelli había comprado poco después de llegar al aeropuerto y lo desplegó sobre la tapa de cristal. Señaló los óvalos rojos que enmarcaban algunas noticias.

«Estos temas, ¿tienen un interés especial para usted, señor Minelli, o están vinculados de alguna manera con su trabajo?»

Él leyó los titulares de las noticias señaladas. Trató de recordar en qué momento había comenzado a enmarcarlas con óvalos rojos y dónde —en cuál de las dependencias del recinto de preembarque— se encontraba en cada caso cuando al hojear el periódico esos textos le habían llamado la atención y se había detenido en ellos. Pero fue en vano.

«No lo sé», dijo. «Creo que no tienen nada que ver con mi trabajo.»

«Gracias.»

Bellotti retiró el diario y sacó del cajón un sobre amarillo con un emblema y una leyenda publicitaria impresos en tinta roja.

«¿Reconoce estas fotos?»

La pregunta —pensó Minelli— era inútil, absurda y desconcertante. Sabía, antes de verlas, con qué fotos se encontraría. Bellotti separaba y unía las puntas de sus dedos con un movimiento constante y rítmico.

«Mírelas, por favor. Muy amable. ¿Las reconoce?»

«Sí, claro. Soy yo.»

«¿Para qué se las sacó?»

«No lo sé. Para pasar el tiempo... Por curiosidad... Nunca había probado una de esas máquinas.»

«Entiendo», dijo Bellotti. Recuperó las fotos. Hundió los labios entre los dientes. La luz de una lámpara sombreaba el lado izquierdo de su cara. Parecía un pez ahogándose fuera del agua. Preguntó: «¿A qué hora se las sacó?»

Minelli arrugó la frente. Sus cejas se arquearon, se llevó involuntariamente un dedo a los labios y desvió la mirada en busca de la respuesta.

Ahora debía responder.

Hubo un silencio. Bellotti esperaba. Él, reconcentrado, como si lo hiciese para sí mismo, negó con la cabeza. Después dijo con pesar:

«Lo lamento. No me acuerdo. Es posible que haya sido una hora antes de que me detuviesen... Pero no estoy seguro.»

«¿No sabe a qué hora, exactamente, se las sacó?»

«No.»

«Es curioso», respondió Bellotti. No pudo disimular su regocijo. «El día y la hora figuran en el reverso de cada una de las fotos.»

Él, irritado, pensó que el otro le mentía. No encontró un motivo razonable que explicase esta actitud del policía, pero Minelli hubiese apostado que le mentía.

«Fue a las cuatro horas y veintisiete minutos», dijo Bellotti. «Controlamos el reloj de la máquina, señor Minelli. Funciona perfectamente.»

Minelli reconstruyó en la memoria los detalles de su encuentro anterior con ese hombre. Había sido en el pasillo del ala este del restaurante casi a oscuras donde un par de mesas iluminadas por los escasos focos encendidos le habían hecho pensar en minúsculas llanuras desoladas. El otro, cuando se habían cruzado en el camino, lo había saludado. O Minelli había creído que un ademán de Bellotti no había podido ser otra cosa que un saludo. Él iba en busca de una cabina telefónica y el otro —¿Frank era su nombre?— regresaba del fondo del pasillo. De modo que Bellotti también había visto, *inevitablemente,* a los jugadores reunidos en aquel recodo aislado. No podía ser de otro modo. Entonces Minelli se estremeció. El policía le dijo:

«Ahora hable.»

«¿Qué quiere que le diga?»

«Todo, por supuesto.»

«No sé a qué se refiere.»

«El tiempo se termina. Mi intención, a pesar de todo, no es impedirle que viaje. Pero necesito que hable. Se lo ruego. Haga memoria y cuéntemelo todo.»

El desprecio que Minelli sentía por Bellotti se acentuó. Había recurrido a una frase vulgar y desgraciada. Era uno de esos necios convencidos de que el secreto de soplar y hacer una botella no consistía más que en una cuestión de voluntad.

«No sé hacer memoria», dijo provocativamente Minelli.

La mirada rojiza de Bellotti se encendió. Parecía un cazador que hubiese centrado la mira de su arma en el corazón de una presa largamente codiciada. Puso frente a Minelli las dos tarjetas postales con las imágenes de Perseo.

«Explíqueme esto», le pidió Bellotti.

Él se sintió humillado.

Pensó que detrás de la persiana veneciana de finas varillas plateadas de aluminio había una ventana y que más allá, invisibles en la noche, había edificios, vehículos, carteles de publicidad, caminos, árboles, flores y pájaros cuya existencia —cuando saliese el sol— sería irrefutable.

Bellotti sacó un cigarrillo del paquete y golpeó el filtro contra la tapa de cristal del escritorio, de modo que cuando lo encendió el tabaco se había concentrado más y los primeros milímetros de papel, vacíos, ardieron en una breve llama y se transformaron inmediatamente en ceniza. Minelli observó con atención estos detalles. El paquete de cigarrillos era azul con letras y un grabado dorados. Dos leones sostenían —en el grabado— un escudo que culminaba en una corona. En el escudo había dos torres, o la figura de dos torres tal como suelen representarse en las piezas de los juegos de ajedrez, y otros dos leones. El filtro y el papel del cigarrillo estaban sellados con un anillo dorado. El policía dejó escapar el humo por la nariz, cruzó las piernas y contempló sus medias grises y sus relucientes zapatos negros. Todo en él —pensó Minelli resentido— era ficticio.

«Es lamentable», dijo Bellotti. «Yo sigo creyendo que no existe todavía ninguna causa suficiente que justifique ampliar su investigación y retenerlo.»

«No entiendo.»

Bellotti sonrió sin alegría.

«¿Cuánto tiempo hace que se fue de su país?», quiso saber.

«Diez años.»

«Diez años», repitió el policía. Y después dijo: «Usted podría llegar a Buenos Aires hoy, tal como lo había previsto. No quiero impedírselo. Es más, seré muy sincero: usted no me interesa.»

«Entonces ¿cuál es el problema?»

«Las evidencias.»

«¿Qué evidencias?»

«Las evidencias», repitió impasiblemente Bellotti. Y agregó: «Los informes, las quejas que hemos acumulado... y una denuncia.»

Minelli se sintió ahora indefenso y abrumado. Sin embargo la incredulidad cortó de pronto sus pensamientos como una grieta incandescente en la oscuridad.

Una denuncia. ¿Qué denuncia?

El policía lo estaba extorsionando.

Ese hombre le mentía, y él no debía ceder.

Bellotti acercó el sillón a su escritorio. Apoyó los codos sobre la tapa de cristal y observó la brasa del cigarrillo. Minelli desvió la mirada: no llegaba ni a la dignidad de una réplica, pensó. Parecía, a duras penas, una burda caricatura.

«*¿Por qué llegó tan temprano al aeropuerto?*», le preguntó entonces Bellotti. Contempló su reloj de pulsera: «Han pasado casi seis horas y todavía falta otra por lo menos para la salida del avión.»

Él hubiese respondido: *No tenía dónde ir.* Pero se propuso darle una explicación frecuente y aceptable. Así que en seguida dijo:

«No quise pagar otra noche de hotel.»

«Cuénteme todo lo que hizo, paso a paso, desde que entró en el aeropuerto.»

«No sé qué podría contarle. No hice nada.»

«¿De veras?»

«Sí. No hice nada.»

«¿Nada que no sea lo que hace todo el mundo en un lugar como éste? ¿Nada memorable? ¿Eso quiere decir? ¿Nada que no esperaba hacer pero que quizás pudo haber hecho por... una inesperada obra de las circunstancias?»

Bellotti remarcó con ironía las últimas palabras. No sólo consiguió con esto desorientar a Minelli sino que también logró comenzar a persuadirlo —a través del empleo caprichoso y malévolo de un lugar común— de que tal vez él no era sólo un pequeño personaje aferrado inflexiblemente a un procedimiento rutinario.

«Nada», repitió Minelli sabiendo que cometía un error.

«A las cuatro y diez una mujer informó que había visto a un hombre en actitud sospechosa dentro de una cabina telefónica», dijo Bellotti, «No pudimos comprobarlo, pero tenemos indicios y una descripción. Era usted.»

La campesina polaca. La espía. La mujer de mármol.

«¿Por qué pudo haber creído esa mujer que su actitud no era normal?»

«Lo ignoro.»

«Un poco más tarde nos comunicaron una queja de una empleada del free-shop. La empleada afirma que usted se comportó de una manera brusca en la tienda, casi violentamente, y que ella pensó que estaba borracho. ¿Recuerda a qué hora fue al free-shop?»

«Entre las cuatro y media y las cinco. No lo sé bien.»

«De acuerdo. No tiene importancia. No es habitual que alguien decida esperar en esa sala toda una noche la salida de un avión, pero sucede, no le voy a decir que no. A veces es sospechoso, pero no es ilegal. Así que no me ocupé seriamente de usted hasta que recibimos la denuncia.»

«¿Qué denuncia?»

«Una mujer lo acusa de robo.»

«¿A mí?»

«Sí.»

«No puede ser. Se trata de una equivocación.»

«La señora Judith Lem de Fournier, argentina, viuda, treintaidós años, residente en Francia, es quien firma la denuncia. ¿La conoce?»

«Sí.»

¿Fournier?

«¿Se apropió usted de una medalla de oro perteneciente a la señora de Fournier?»

Minelli no respondió.

Pensó en que había dormido diez minutos mientras le aplicaban fomentos en la peluquería, pensó en el futbolista irlandés que jugaba a los dados, recordó las uñas carcomidas del empleado que lo había atendido cuando él había llegado al aeropuerto y la canción que ese hombre había silbado entre dientes, recordó a una niña sola saltando en una escalera mecánica, recordó la desesperación grabada en la cara del hombre gordo antes de recibir un puñetazo en el vientre, pensó en la película que Jack había deseado filmar en Florencia, recordó que había comido una hamburguesa con papas fritas, pensó en el baldaquino de Gian Lorenzo Bernini, recordó la voz de Sophie en el teléfono y la imagen que él se había hecho del bar de la rue de la Ferronnerie a través del relato de Judith Lem, pensó en la cigarrera de plata de Christine, recordó que había leído la noticia de la muerte de Zoot Sims, pensó en las hermanas españolas y recordó el vaso de vino que había tomado con una de ellas, pensó en el sueño de Connie sobre el regazo de su madre, pensó en el suicidio de Jack, recordó la mirada triunfal de Asfa cuando había ganado al pase inglés con un siete, y se preguntó qué sentido tenía todo eso, o qué era lo que reunía cosas tan diversas en una misma trama.

«La señora de Fournier estima en mil dólares, aproximadamente, el precio de esa joya», dijo Bellotti.

¿La señora de Fournier?

Judith Lem lo había conducido sin rodeos a la cabina telefónica y los jugadores ya no estaban en aquel recodo del final del pasillo que flanqueaba el restaurante. De modo que ella sabía que los jugadores ya no estaban allí. Minelli se detuvo en este punto. Él había pensado que ella, después, había vuelto al grupo para jugarse *esos* cincuenta dólares. Pero en tal caso, ¿dónde se habían reunido nuevamente? ¿En un baño? No se le ocurrió ningún otro lugar relativamente discreto y seguro —entre todos los que había recorrido— para apostar a los dados. De todas maneras ahora debía admitir la posibilidad de que Judith Lem no hubiese regresado en busca de la partida de pase inglés. Sin embargo, más allá de estas especulaciones —y esto le pareció indudable— ella siempre tuvo un plan. Una idea clara. *Un fin.*

«Yo diría que cuatrocientos dólares podría ser una cifra aceptable», continuó Bellotti, «Muchas veces el valor que se les atribuye a las joyas es emotivo... imaginario. ¿Me entiende?»

«Supongo que sí.»

«Bien. Escuche con atención. *¿Se quedó usted indebidamente con esa medalla?*»

Minelli no respondió.

Bellotti se levantó y se paró de espaldas a la persiana veneciana. Con ese fondo de varillas plateadas el traje azul parecía imprescindible. Minelli tenía sueño, hambre y sed. Se sintió perdido y hastiado. Ya no podía enlazar a conciencia los pensamientos. Su memoria evocaba espontáneamente figuras, objetos, escenas, fragmentos, imágenes, voces, hechos y sueños en un balbuceo involuntario, incesante y caótico que lo atormentaba con la veracidad blindada de la locura.

«Supongamos que ha sido así», dijo entonces Bellotti. «Supongamos que usted robó esa medalla, y supongamos también que lo reconoce o que lo niega. Es igual. Es absolutamente igual. No me interesa. Ya se lo he dicho y se lo repito: usted no me interesa. Lo único que quiero es que me cuente todo lo que hizo, todo lo que vio, todo lo que le pasó desde que llegó al aeropuerto hasta que mis hombres lo fueron a buscar. ¿Comprende?»

Minelli se frotó los ojos, encendió otro cigarrillo, bebió un sorbo de café frío que había quedado en el vaso de cartón y se preguntó por qué razón el policía le hablaba en esos términos.

«Usted no está investigando el robo de una medalla», dijo. Y se sorprendió de su propia temeridad.

«No», dijo Bellotti.

«Entonces dígame la verdad.»

El otro sonrió. Se sacó las manos de los bolsillos y se miró las uñas amarillas. Regresó lentamente al sillón, como si no estuviese convencido de que debía sentarse. Hizo girar el respaldo y contempló ese movimiento silencioso hasta que el impulso se agotó y el sillón quedó nuevamente inmóvil. Entonces no tuvo más remedio que sentarse.

«Acuchillaron a un hombre en un baño», dijo. «Lo sabe, ¿no?»

Minelli no respondió.

«Se trata de John Francis Hale, un agente de bolsa de cuarentaiseis años.»

Minelli cruzó las piernas. Su cuerpo le pareció liviano, rehecho, y tuvo la sensación de que no le pertenecía. Una corriente de aire frío se expandió en su cabeza y creyó que la conciencia, la lucidez y la intuición ahuyentaban las conjeturas inciertas y las conclusiones erróneas. Oyó la voz del policía que decía llamarse Frank Bellotti:

«Sólo le pido que me cuente lo que vio.»

«¿Está muerto?»

«No, pero es posible que muera.»

«Es norteamericano, ¿verdad?»

«Sí, de Chicago. Pero su mujer es francesa. Se llama Christine Coffin. Tienen una hija de quince años.»

Minelli apoyó la cabeza en el respaldo. Cerró los ojos. Reconoció el tacto de sus manos en los brazos de cuero del sillón.

«¿Cómo se llama la hija?», preguntó.

«Connie Coffin Hale. Hable, por favor.»

«No quiero hablar.»

Bellotti sacudió la ceniza de su cigarrillo y observó otra vez la brasa. Sus gestos adquirían progresivamente una naturalidad que le concedía la perpetua imitación.

¿John Francis Hale?

Minelli recordó el encuentro de Connie con el hombre gordo junto a la máquina de bebidas. Recordó la figura terminante de la chica y el silencio o la resignación del hombre gordo. ¿Qué hora era? A esa hora John Francis Hale estaba vivo.

La luz se desencadenaba en estallidos.

Tu destino le pertenece, le había dicho Sophie.

¿Sophie Fournier?

Pensó en la mirada de Christine. Los ojos grises, tan claros de Christine, fijos en él. ¿Por qué? ¿Qué había pasado? ¿Cuáles habían sido los acontecimientos reales? *Algo no podía ser cierto.*

Pensó en lo que él había visto.

La mujer vestida de negro, por ejemplo, no debía ser la esposa del hombre gordo.

«Lamentablemente tuve que ocuparme de usted cuando recibimos la denuncia», dijo Bellotti.

Minelli vio la cabeza del hombre gordo en el retrete. Vio el pie descalzo y la media manchada. Él, antes o después, había mirado su reloj. Eso había sido a las dos y cuarto.

«Los robos son frecuentes y en general se esclarecen en seguida. Sin embargo en su caso había otros ingredientes. Conducta sospechosa, actitudes irregulares, hechos desconcertantes... Se nos ocurrió que podía haber drogas de por medio y con esa idea comenzamos la investigación... Bien: no había drogas. Pero las pruebas de laboratorio dieron un resultado inesperado.»

Bellotti hizo una pausa obviamente insidiosa.

¿Quién era el hombre gordo arrodillado en un compartimiento del baño con su camisa mugrienta flotando fuera de los pantalones y la cabeza y los brazos metidos en el retrete?

«En sus zapatos había sangre, señor Minelli. Y los análisis demostraron sin ninguna clase de dudas que usted había pisado en el baño la sangre, del señor Hale. ¿Quiere hablar ahora?»

Él no respondió.

«De acuerdo», Bellotti abrió un cajón y sacó un sobre. «Entre las cosas que se hallaron en el suelo, junto a la víctima, descubrimos»

Minelli recordó con nitidez una billetera, un pañuelo, papeles y una tarjeta de crédito. Retomó las palabras del policía como si le hubiese sido posible retroceder en el tiempo.

«en el suelo, junto a la víctima, descubrimos esto.»

Bellotti vació el contenido del sobre. La tapa de cristal del escritorio reflejó como un pálido espejo los objetos. Minelli vio un *preservativo* azul, su billete de avión y la navaja sevillana con cachas de hueso que había comprado sin saber por qué en la tienda de regalos.

«Hable.»

«¿De qué me acusa?»

«De nada.»

«Pero cree que yo lo hice.»

«Usted estuvo allí. Usted se ha pasado la noche yendo y viniendo por esa sala y por todos sus vericuetos. Usted ha visto cosas que nosotros no hemos visto.»

«¿Qué quiere decir?»

Bellotti se aferró al sillón, inclinó el cuerpo hacia delante y clavó en Minelli su mirada roja. Conteniendo la voz, pausadamente, dijo:

«No sé qué quiero decir y sé que usted no lo hizo.»

«Perdóneme, pero no lo entiendo.»

«Se lo explicaré mejor. Usted, para mí, es un testigo.»

«Un testigo.»

«Sí, pienso que ésa puede ser su verdadera situación en este caso.»

«¿Y la denuncia de...?»

«La denuncia de la señora de Fournier es otra historia.»

«Fui a ese baño a las dos y cuarto», se oyó decir entonces Minelli. «Creo que todavía no me había sacado las fotos. Necesitaba *refrescarme* un poco. Había manchas frente al último compartimiento. Me acerqué. Eran manchas de sangre. La puerta estaba entornada, y yo la abrí. Por eso vi al hombre gordo de rodillas con la cabeza metida en el inodoro. Se le había salido un zapato. Había cosas en el suelo, sí, lo recuerdo perfectamente. Una tarjeta de»

«Sé lo que había en el suelo. Usted dice que fue al baño a las dos y cuarto, ¿verdad? Eso no puede ser.»

Minelli miró instintivamente su reloj. Le habían quitado el reloj, pero comprendió por qué se había equivocado.

«Tiene razón», dijo. «Eran las cuatro y cuarto, más o menos.»

«De acuerdo. Aún no se había sacado las fotos. Usted dice que empujó la puerta del compartimiento.»

«Sí.»

«Y dice que *por eso* vio el cuerpo del señor John Francis Hale, ¿verdad?»

«Sí.»

«De acuerdo. ¿Puede explicarme con otras palabras por qué cree usted que encontró allí al señor Hale?»

«No.»

«¿Qué hizo a continuación?»

«Salí del baño.»

«¿Sin acercarse al señor Hale?»

«No pude acercarme más.»

«¿Sin comprobar si el señor Hale estaba vivo o muerto?»

«No sé si el hombre gordo estaba vivo. Yo pensé que estaba muerto... Creí que alguien lo había asesinado.»

«¿Quién?»

Minelli no respondió.

«¿Por qué pensó que lo habían matado?»

«¿Qué era lo que debía pensar?»

«¿Había visto antes al señor Hale?»

«Sí.»

«¿Dónde y en qué circunstancias?»

«En un pasillo, jugando a los dados con otros hombres, en el mismo lugar en que usted también pudo haberlo visto.»

Minelli consideró que con esta respuesta no le mentía.

«¿Habló con él?»

«No.»

«¿Observó algo en el señor Hale que le haya parecido anormal, lo que sea, un detalle cualquiera, algo que le llamase particularmente la atención?»

Minelli hizo un gesto, y no respondió. Bellotti sacó otro cigarrillo del paquete pero no se decidió a encenderlo. Tal vez pensó en sus dedos, o en sus pulmones. Se le ocurrió otra pregunta:

«¿Usted diría que el señor Hale era un hombre vulgar y corriente?»

Minelli sonrió.

«Yo diría que el hombre gordo tenía el aspecto de un hombre vulgar y corriente.»

«¿Por qué se refiere al señor Hale con la expresión "el hombre gordo"?»

«No lo sé. Tal vez porque el hombre gordo era un hombre gordo.»

«Comprendo. Es usted muy ingenioso, señor Minelli. Así que dice usted que vio por primera vez al»

Sonó un teléfono con zumbidos intermitentes. Bellotti atendió la llamada. Escuchó. No dijo nada. Después colgó el auricular y se puso en pie.

«Discúlpeme. Volveré en cinco minutos», murmuró mientras se prendía los botones del saco de franela azul.

Minelli asintió.

En seguida tuvo la conmovedora, dulce y física conciencia de que se había quedado a solas. Esto le pareció un don providencial.

Algo no debía ser cierto.

Pensó: Asfa, por ejemplo, no existe.

De modo que cuando ya había aceptado que su búsqueda era tan equívoca como infructuosa y se había resignado ante el cruel y renaciente imperio de los desiertos de la memoria, las figuras del sueño perdido se le habían presentado nuevamente, sin cauce ni guía, fundacionales y transparentes, para recomponer los fragmentos y el sentido de un episodio mágico o de una historia incontable.

Él había pensado que aquella mujer a quien había creído temer y amar lo había petrificado con la impiadosa belleza de su juventud y con el hechizo invencible del goce que su cuerpo encerraba. Pero ahora supo que no era así. Ella había reconocido en él a su enemigo y luchaba para destruirlo.

El horizonte ardía en llamas blancas.

Un árbol desapareció fulminado por un rayo.

La mujer le acarició los labios. Una red de sangre bajaba por sus piernas. El perro, el lobo, había muerto entre alimañas, espinas y puñales carnívoros. Entonces, en la oscuridad, ella alzó las garras.

¿Es el último gesto de la vida, o aquello que por fin y fatalmente se ha sido, lo que atrae y conduce a un hombre hacia su destino a través de actos ciegos y de enigmas imaginarios?

La mujer quiso arrancarle el corazón. Después, ya inerme, le suplicó clemencia. Él no se arrepintió.

La espada cruzó el aire con el fulgor de la venganza.

El rugido de la noche resquebrajó las piedras y desencadenó la furia del océano.

Lavas candentes arrasaron la hierba.

Un manto de serpientes azules reptó sobre los restos de la última escena.

Él no era un testigo.

Era un héroe.

Eso había soñado.

Entonces vio nacer a un caballo.

La lluvia sobre la llanura de los confines del mundo no había sido ni el reflejo ni la ilusión de un río de plata. Desde el cielo de la antigüedad habían caído hebras de oro.

El caso estaba resuelto, le había dicho Bellotti cuando por fin había reaparecido en el despacho. «No vale la pena que lo siga interrogando.» Parecía un hombre sin excusas. «Ha quedado todo más claro que el agua.» Se había desintegrado, se había disuelto en la sagrada luz de la revelación, se encontraba —o no se encontraba— bajo los efectos del saber. «Es increíble.» No: Minelli no había querido enterarse de nada. No: a Minelli no le había interesado conocer la solución del caso. «¿No?» «No.» De acuerdo, pero era verdaderamente increíble. «Gracias.» Minelli le había agradecido la gentileza que Bellotti había tenido para con él al ofrecerle poner en su conocimiento un *sucinto* recuento de los hechos, de los móviles y de los indicios que los habían conducido rápidamente al esclarecimiento del *crimen*. Bellotti había dicho que se sentía en la obligación moral de hacerlo, pero si Minelli no / Gracias otra vez, No / De acuerdo, de acuerdo, entonces sólo quedaba un detalle pendiente: qué haría él con / Sí, por supuesto: él había aceptado la sugerencia de Bellotti. Frank ¿verdad? / Sí, claro: Frank, Frank Bellotti. En seguida Minelli había recogido sus cosas, había firmado sin leerla una declaración donde aceptaba que todos sus efectos personales le habían sido restituidos de conformidad, y le había dado la medalla de Judith Lem al policía. ¿Tal vez Minelli deseaba entregársela a ella personalmente y aclarar la? / No: él no deseaba eso / Bellotti había contemplado en la palma de su mano la medalla de oro y la figura grabada. Minelli le había dicho que era una Quimera y Bellotti, como si hubiese entendido, le había mostrado los dientes en una sonrisa desvanecida / No: seguro que no, él no necesitaba volver a verla: «Devuélvasela usted, Frank», le había pedido a Bellotti y Bellotti había dicho «Muy bien, de acuerdo, si eso es lo que»

De modo que Minelli abandonó con su honor aparentemente intacto las dependencias de la Policía Aeronáutica. La sala de espera central estaba llena. Una parte de la muchedumbre se amontonaba frente a los controles del embarque definitivo. Otra deambulaba por los pasillos, las tiendas, los kioscos y los bares. Algunos parecían sonámbulos recién levantados, duchados y afeitados. Gente corriente que había madrugado más de la cuenta para llegar a tiempo al aeropuerto con la idea insostenible de que perder un avión podía desatar una catástrofe o un cambio irreparable en el curso de las cosas. Los más pacientes, los avaros, o los que tenían aún una larga espera por delante, se habían apropiado de la isla de butacas y de los televisores. Se aferraban a sus bolsos y a sus bultos y miraban recelosamente en torno creyendo quizás que lo que hacían —¿qué?— era mal visto por los otros.

Minelli reconoció el peso de su bolso de mano en el hombro izquierdo. Fue una sensación odiosa y familiar. El recinto bullía en rumores, ruidos, aprietos, voces, reclamos airados, desconcierto, tropiezos, discusiones, caídas de valijas y bultos, confusiones, mapas, guías de viaje, ocasionales pérdidas de documentos, reproches por olvidos domésticos de última hora y olor a café. Un tierno olor a café circulaba sobre la muchedumbre como un hálito cruzando el aire recalentado por la calefacción y como un signo cocido, imperecedero y civilizado de la vida.

Él se preguntó si el investigador universitario y su joven ayudante habrían sido también los encargados de detener a Asfa.

Un hombre negro barría un corredor lateral. Minelli miró el suelo de mármol. El negro avanzaba empuñando el mango con las dos manos y empujando sin esfuerzo el escobillón. Una montaña de basura se revolvía contra las cerdas azules del ancho cepillo.

Era el mundo conocido, pensó, el lugar donde la realidad se ordenaba y se mostraba con un sentido inequívoco. La medalla de oro de Judith Lem y la Quimera grabada en ella pertenecían a otra historia. Eso había dicho el jefe de la Policía Aeronáutica Frank Bellotti. Así que Minelli entró en un baño.

Pensó en Joyce. Debía llamarla por teléfono. No podría evitarlo. Se miró en el espejo. Se lavó. Se arregló la ropa. Creyó que olía a sudor y se pasó *eau de toilette* por la cara y por el cuello. El encargado del baño lo miraba a través del espejo. Minelli estaba harto de que lo espiasen a través de los espejos. *Ese hombre de overall gris y pullover rojo no era el encargado del baño.* Alitalia anunció por los altavoces la salida de su vuelo número 576 con destino a Buenos Aires. Él miró la hora en su reloj de pulsera.

Judith Lem.

El restaurante continuaba cerrado. Las cabinas telefónicas estaban ocupadas. Esperó. Abrió el periódico. ¿Por qué había señalado con un óvalo ese recuadro?

Leyó en la página de la derecha:

BOLSA DE NUEVA YORK *

Dow Jones Industrial Index: 1.220,30. (+32,36)

Acciones	Cotización	Variación semanal
	$	$
American Express	41 $1/2$	-0 $7/8$
Atlantic Richfield	48 $5/8$	$+1$ $1/2$
Bankamerica	18 $5/8$	-0 $3/8$
Boeing	62 $1/4$	-0 $1/8$
Chrysler	34 $7/8$	$+0$ $3/4$
Dupont	51 $7/8$	
Exxon	50 $1/8$	$+0$ $5/8$
Ford	42 $1/2$	
Foster Wheeler	14	-0 $7/8$
General Electric	59	-1 $7/8$
General Dynamics	73 $1/4$	$+0$ $1/2$
General Motors	72 $3/4$	-1
Halliburton	30 $1/2$	$+0$ $7/8$
IBM Corp.	127	-1 $3/8$
Int. Paper	49 $1/2$	-0 $1/2$
Intl. Tel./Tel.	34 $3/4$	-0 $1/2$
J. P. Morgan	45 $1/4$	-2
McDonnell Douglas	77	-0 $3/4$
Phillips Morris	93 $1/2$	-0 $1/8$
RCA Corp.	41 $1/2$	-1 $1/2$
Schlumberger	38 $1/2$	
Sears Roebuck	34 $1/8$	-0 $3/8$
Standard Oil Indiana	61 $1/2$	-0 $1/2$
Union Carbide	38 $1/8$	$+1$
U. S. Steel	27	-0 $1/8$

* Cotizaciones al cierre del viernes, 23 de noviembre de 1984

Fuente: Shearson American-Express

Cerró la puerta de la cabina. Depositó varias monedas en la ranura y discó diez números. Oyó interferencias en la línea, después silencio.

Volvió a leer:

Unión Carbide   38 ¹/₈   + 1

Le pareció ridículo. El teléfono comenzó a llamar. Contuvo la respiración. Plegó el diario y lo arrojó en un recipiente para residuos. Cubrió el micrófono con una mano y miró hacia fuera por el ojo de buey. Recordó la figura de la mujer de mármol. Vio a los amantes en la cama de un hipotético castillo y vio la armadura que él había descubierto en un rincón. Pensó en su navaja y en el billete que habían aparecido junto al cuerpo del hombre gordo. Y escuchó: «*Pronto.*» Era ella. «*Pronto!*» El corazón se le estremeció y no pudo abrir la boca. Poco después la comunicación se cortó.

Minelli regresó a la sala de espera. Una pareja de policías uniformados se paseaba entre la muchedumbre. Alitalia repitió su anuncio por los altavoces. Él compró un sobre en la tienda de regalos. Luego, en la estafeta postal, hizo una cola frente a la ventanilla señalada con un cartel que decía *Franqueo.* Escribió el sobre apoyándolo en el bolso. Tenía las tarjetas postales en un bolsillo. Las rompió. Puso en el sobre las fotos que se había sacado en la máquina automática. Pasó la lengua por el borde engomado. Cuando fue su turno deslizó el sobre bajo las rejas de la ventanilla. El empleado lo pesó y le dijo el precio del envío. Él pagó. Le había quedado un gusto amargo en la boca.

Entonces Minelli se encaminó hacia el último control. Una mujer decía que de ninguna manera ella permitiría que le abriesen su caja de cosméticos franceses. Él presentó la carta de embarque entregó el bolso para que lo mirasen con rayos X, y entró en una nueva sala. En un pequeño almacén le hicieron entrega de una bolsa con las botellas de whisky y los cigarrillos que había comprado en el free-shop. Pensó en la empleada corpulenta y desabrida que había creído que él estaba borracho y que había afirmado que lo había visto al borde de la violencia.

¿Qué historia había escuchado de labios de Judith Lem?

Fue *transportado* en un autobús. Esto le pareció bien. No era lo mismo subir a un avión por una escalerilla que desembocar en él a través de un túnel como si entre un espacio y otro no mediase un abismo.

Hacía frío. El viento lo despeinó y le hirió la piel. Tocó el pasamanos de metal y reconoció la humedad del rocío. Miró el cielo oscuro, despejado y transparente. Contempló emocionado el lucero del alba. Después se dejó caer en la mansa red de las luces de la cabina, de la música funcional y de los preparativos habituales de la tripulación. Cerró los ojos. Recordó la voz de Sophie.

Dime algo, dime la verdad, dime que te estás volviendo loco.

Había soñado.

Había imaginado la realidad desde una alucinación.

Se había creído un héroe.

Sophie Fournier.

¿Fournier?

El avión se puso en marcha, avanzó lentamente, se detuvo, se puso otra vez en marcha, ganó velocidad, corrió, se lanzó como un bólido hacia un punto invisible y de pronto levantó vuelo. Subió en busca de la noche y del día. Inclinó un ala, trazó un amplio giro y recogió el tren de aterrizaje.

Minelli abrió los ojos. Eran las siete de la mañana. La tripulación comenzaba a servir el desayuno. Entonces vio el saco negro, la camisa inmaculadamente blanca, y miró al hombre que se había sentado a su lado.

«Ha sido una larga noche», le dijo Asfa. «Una noche interminable y aburrida, ¿no?» Asfa desplegó los labios en una sonrisa cordial y agregó: «Una noche perdida.»

Él tenía una tarjeta en la mano.

Leyó: *International Card of Arrival/Departure.*

«Sí», se oyó decir. «Una noche perdida.»

Contempló la tarjeta de cartulina gris y buscó su pasaporte en los bolsillos.

Asfa se sacudió invisibles motas de polvo en una manga del saco y en los hombros.

Minelli escribió Minelli.

Este libro
se terminó de imprimir
en los Talleres Gráficos
de Gráfica Internacional, S. A.
Madrid
en el mes de diciembre de 1994

LOS BUSCADORES DE ORO
Augusto Monterroso
0-679-76098-9

CUANDO YA NO IMPORTE
Juan Carlos Onetti
0-679-76094-6

NEN, LA INÚTIL
Ignacio Solares
0-679-76116-0

Disponibles en su librería , o llamando al:
1-800-793-2665 (sólo tarjetas de crédito)